H.G. WELLS

Die Zeitmaschine

In einer geselligen Runde im viktorianischen England berichtet ein Tüftler von seiner bahnbrechenden Erfindung: einer Zeitmaschine, einem Fluggerät, das sich längs der Zeitachse durch die Raumzeit bewegt. Mit ihr erkundet er die Zukunft der Menschheit sowie des Planeten Erde. Seine Reise führt über das Jahr 802701, wo sich die Menschheit in zwei Rassen aufgespaltet hat, bis in eine 30 Millionen Jahre entfernte Zukunft. Was er berichtet, will ihm niemand glauben. Mit einer Kamera ausgerüstet, bricht der Zeitreisende ein weiteres Mal auf.

H. G. Wells' Zeitreiseroman von 1895 begründete seinen literarischen Welterfolg und gilt heute als Klassiker der Science-Fiction-Literatur.

H.G. WELLS

Die Zeitmaschine

Eine Erfindung

Aus dem Englischen übersetzt
von Hans-Christian Oeser

RECLAM

Für William Ernest Henley

I

Einführung

Der Zeitreisende (denn so wollen wir ihn der Einfachheit halber nennen) setzte uns eine kaum begreifliche Angelegenheit auseinander. Seine grauen Augen funkelten und blitzten, und sein sonst so blasses Gesicht war lebhaft gerötet. Das Kaminfeuer loderte hell, und auf die Bläschen, die in unseren Gläsern perlten und verflogen, fiel der sanfte Schein der Glühfadenlampen in ihren lilienförmigen Schirmen aus Silber. Unsere Sessel, die nach seinem Entwurf gefertigt waren, umfingen und liebkosten uns eher, als dass wir in ihnen saßen, und es herrschte jene behagliche Atmosphäre nach Tisch, da die Gedanken anmutig dahinlaufen, frei von den Fesseln der Präzision. Und er legte es uns so dar – wobei er seine Argumente mit schlankem Zeigefinger unterstrich –, während wir dasaßen und in Anbetracht des neuen Paradoxons (denn dafür hielten wir es) träge seinen Ernst und seinen Erfindungsreichtum bewunderten.

»Sie müssen mir aufmerksam folgen. Ein oder zwei nahezu universell akzeptierte Ideen werde ich in Zweifel ziehen müssen. Die Geometrie zum Beispiel, die man Ihnen in der Schule beigebracht hat, beruht auf einer Fehlannahme.«

»Mit einer so großen Sache zu beginnen – ist das nicht ein bisschen viel verlangt?«, fragte Filby, eine streitlustige Person mit roten Haaren.

»Ich werde Sie nicht auffordern, irgendetwas zu akzeptieren, wofür es keinen vernünftigen Grund gibt. Bald werden Sie mir so viel zugestehen, wie ich von Ihnen benötige. Natürlich wissen Sie, dass eine mathematische Linie, eine Linie der Stärke *null*, keine reale Existenz besitzt. So hat man es Ihnen doch beigebracht? Ebenso wenig eine mathematische Ebene. Derlei Dinge sind reine Abstraktionen.«

»Das stimmt«, sagte der Psychologe.

»Auch einem Würfel, der nur Länge, Breite, Höhe hat, kommt keine reale Existenz zu.«

»Da muss ich widersprechen«, sagte Filby. »Natürlich kann ein fester Körper existieren. Alle realen Gegenstände –«

»So denken die meisten Menschen. Aber warten Sie einen Augenblick. Existiert ein nur *momentaner* Würfel?«

»Ich kann Ihnen nicht folgen«, sagte Filby.

»Kommt einem Würfel, der keine Zeitdauer hat, reale Existenz zu?«

Filby wurde nachdenklich. »Offensichtlich«, fuhr der Zeitreisende fort, »muss sich jeder reale Körper in *vier* Richtungen ausdehnen: Er muss Länge, Breite, Höhe haben und – Dauer. Doch aufgrund einer naturbedingten Schwäche des Fleisches, die ich Ihnen gleich erläutern werde, neigen wir dazu, diesen Sachverhalt zu übersehen. Tatsächlich gibt es vier Dimensionen: drei, die wir die Ebenen des Raumes nennen, und eine vierte, die Zeit. Allerdings haben wir den Hang, zwischen den ersten drei Dimensionen und letzterer eine irreale Unterscheidung vorzunehmen, weil sich entlang letzterer unser Bewusstsein vom Anfang bis zum Ende unseres Lebens mit kleinen Unterbrechungen nur in *eine* Richtung fortbewegt.«

»Das«, sagte ein sehr junger Mann, der krampfhaft bemüht war, seine Zigarre an der Öllampe zu entzünden, »das … ist in der Tat offensichtlich.«

»Nun, es ist höchst bemerkenswert, dass dies so weithin übersehen wird«, fuhr der Zeitreisende mit einem leisen Anflug von Heiterkeit fort. »Eigentlich ist genau dies mit vierter Dimension gemeint, auch wenn einige Leute, die von vierter Dimension reden, nicht wissen, dass sie genau dies meinen. Es ist nur eine andere Art, die Zeit zu betrachten. *Zwischen der Zeit und den drei Dimensionen des Raumes gibt es keinen Unterschied, außer dass sich unser Bewusstsein entlang der Zeitachse bewegt.* Einige törichte Menschen haben diese Idee jedoch gründlich missverstanden. Ihnen allen ist bekannt, was sie über die vierte Dimension zu sagen haben?«

»*Mir* nicht«, sagte der Bürgermeister aus der Provinz.

»Es ist schlichtweg so: Der Raum, so wie unsere Mathematiker ihn verstehen, hat drei Dimensionen, die man Länge, Breite, Höhe nennen kann, und ist stets durch drei Ebenen definierbar, die in rechtem Winkel zueinander stehen. Einige philosophische Köpfe jedoch haben sich gefragt: Weshalb gerade *drei* Dimensionen? Weshalb nicht eine weitere Richtung, jeweils in rechtem Winkel zu den anderen drei? Sie haben sogar versucht, eine vierdimensionale Geometrie zu konstruieren. Erst vor etwa einem Monat hat Professor Simon Newcomb der New Yorker Mathematischen Gesellschaft eine solche Theorie vorgelegt. Sie wissen, dass sich auf einer ebenen Fläche, die nur zwei Dimensionen hat, die Gestalt eines dreidimensionalen Körpers abbilden lässt. In ähnlicher Weise glaubt man, mittels dreidimensionaler Modelle ein vierdimensionales abbilden zu können – sofern man die Perspektive meistert. Verstehen Sie?«

»Ich glaube schon«, murmelte der Bürgermeister aus der Provinz, runzelte die Stirn und versank in Nachdenken, wobei seine Lippen sich bewegten wie bei einem, der mystische Worte wiederholt. »Ja, ich glaube, jetzt verstehe ich«, sagte er nach einiger Zeit, und seine Miene hellte sich vorübergehend auf.

»Nun, ich will Ihnen nicht vorenthalten, dass ich seit einiger Zeit an einer solchen Geometrie der vier Dimensionen arbeite. Einige meiner Ergebnisse sind kurios. Hier zum Beispiel haben wir das Porträt eines Menschen im Alter von acht Jahren, ein anderes mit fünfzehn, ein drittes mit siebzehn, wieder ein anderes mit dreiundzwanzig und so weiter. Offensichtlich handelt es sich bei all diesen gewissermaßen um Ausschnitte, um dreidimensionale Abbildungen seines vierdimensionalen Wesens, welches eine feste und unveränderliche Größe ist.«

»Die Wissenschaftler«, fuhr der Zeitreisende nach einer Pause fort, die erforderlich war, um die Information verarbeiten zu können, »wissen sehr wohl, dass die Zeit nur eine Art Raum ist. Hier haben wir ein populärwissenschaftliches Diagramm, eine Wetteraufzeichnung. Die Linie, die ich mit meinem Finger nachzeichne, zeigt die Bewegung des Barometers an. Gestern stand es soundso hoch, gestern Abend fiel es, heute Morgen stieg es wieder, und gemächlich immer höher bis hierher. Das Quecksilber hat diese Linie nicht in einer der allgemein anerkannten Raumdimensionen nachgezeichnet, richtig? Und doch hat es eine solche Linie nachgezeichnet, und so müssen wir schließen, dass diese Linie entlang der Zeitachse verlief.«

»Aber«, sagte der Mediziner und starrte angestrengt auf ein Stück Kohle im Feuer, »wenn die Zeit tatsächlich nur die vierte Dimension des Raumes ist, weshalb wird sie dann als etwas gänzlich anderes aufgefasst und ist schon immer so aufgefasst worden? Und weshalb können wir uns in der Zeit nicht genauso bewegen wie in den anderen Dimensionen des Raumes?«

Der Zeitreisende lächelte. »Sind Sie sicher, dass wir uns im Raum frei bewegen können? Wir können nach rechts und nach links gehen, uns ziemlich frei vor und zurück bewegen, das haben die Menschen schon immer getan. Ich gebe also zu: In zwei Dimensionen bewegen wir uns frei. Doch was ist mit auf und ab? Da schränkt uns die Schwerkraft ein.«

»Nicht ganz«, sagte der Mediziner. »Es gibt Ballons.«

»Aber vor den Ballons hatten die Menschen, abgesehen von sporadischen Sprüngen und Unebenheiten der Oberfläche, nicht die Freiheit, sich senkrecht zu bewegen.«

»Dennoch, ein wenig konnten sie sich auf und ab bewegen«, sagte der Mediziner.

»Leichter, viel leichter ab als auf.«

»Und in der Zeit können Sie sich überhaupt nicht bewegen; aus dem gegenwärtigen Augenblick können Sie sich nicht entfernen.«

»Mein lieber Sir, genau da irren Sie. Genau da hat die ganze

Welt geirrt. Wir entfernen uns unentwegt aus dem gegenwärtigen Augenblick. Von der Wiege bis zur Bahre bewegt sich unsere geistige Existenz, die immateriell ist und keinerlei Dimensionen kennt, mit gleichbleibender Geschwindigkeit entlang der Zeitachse. So wie wir *abwärts* reisen könnten, wenn wir unser Dasein achtzig Kilometer über der Erdoberfläche beginnen würden.«

»Aber die große Schwierigkeit ist die«, unterbrach ihn der Psychologe. »Im Raum *können* Sie sich in alle Richtungen bewegen, in der Zeit jedoch können Sie sich nicht bewegen.«

»Das ist die Keimzelle meiner großen Entdeckung. Aber Sie irren, wenn Sie sagen, dass wir uns in der Zeit nicht bewegen können. Wenn ich mich zum Beispiel sehr lebhaft an eine Begebenheit erinnere, gehe ich zurück zu dem Zeitpunkt, da sie sich ereignete. Ich bin, wie man sagt, geistig abwesend. Für einen Moment springe ich zurück. Natürlich haben wir nicht die Möglichkeit, beliebig lange zu verweilen, genauso wenig wie ein Wilder oder ein Tier die Möglichkeit hat, zwei Meter über dem Erdboden zu verweilen. Doch in dieser Hinsicht ist ein zivilisierter Mensch besser dran als der Wilde. Er kann entgegen der Schwerkraft in einem Ballon aufsteigen, und warum sollte er nicht hoffen, irgendwann einmal imstande zu sein, seine Schwebefahrt entlang der Zeitachse anzuhalten oder zu beschleunigen oder gar umzukehren und in die entgegengesetzte Richtung zu reisen?«

»Oh«, setzte Filby an, »*das* ist –«

»Warum nicht?«, fragte der Zeitreisende.

»Das ist gegen die Vernunft«, sagte Filby.

»Gegen welche Vernunft?«, fragte der Zeitreisende.

»Sie können mir mit Argumenten beweisen, dass Schwarz und Weiß dasselbe sind«, sagte Filby, »aber überzeugen werden Sie mich nie.«

»Möglicherweise nicht«, sagte der Zeitreisende. »Doch jetzt verstehen Sie den Zweck meiner Untersuchungen zur Geometrie der vier Dimensionen. Schon vor langer Zeit hatte ich eine ungenaue Vorstellung von einer Maschine –«

»Um mit ihr durch die Zeit zu reisen!«, rief der sehr junge Mann aus.

»Die sich unterschiedslos in jede Richtung von Raum und Zeit bewegt, ganz wie der Fahrer es beschließt.«

Filby begnügte sich mit Gelächter.

»Aber ich habe den experimentellen Nachweis erbracht«, sagte der Zeitreisende.

»Für den Historiker wäre es außergewöhnlich hilfreich«, meinte der Psychologe. »Man könnte beispielsweise zurückreisen und die allgemein anerkannten Berichte über die Schlacht bei Hastings überprüfen!«

»Glauben Sie nicht, Sie würden Aufmerksamkeit erregen?«, fragte der Mediziner. »Für Anachronismen brachten unsere Vorfahren kein großes Verständnis auf.«

»Man könnte sein Griechisch aus dem Munde Homers und Platons lernen«, sagte der sehr junge Mann.

»In diesem Fall würde man Sie gewiss durch die Zwischenprüfung fallen lassen. Deutsche Gelehrte haben das Griechische ja ungemein verbessert.«

»Und dann ist da auch noch die Zukunft«, sagte der sehr junge Mann. »Denken Sie nur! Man könnte all sein Geld investieren, die Zinsen anlaufen lassen und vorauseilen!«

»Um eine Gesellschaft zu entdecken«, sagte ich, »die auf streng kommunistischer Grundlage aufgebaut ist.«

»Von allen wilden, überspannten Theorien –«, begann der Psychologe.

»Ja, so kam es mir vor, und deshalb habe ich nie davon gesprochen, bis –«

»Bis zum experimentellen Nachweis!«, rief ich. »*Das* wollen Sie nachweisen?«

»Das Experiment!«, rief Filby, der allmählich hirnmüde wurde.

»So zeigen Sie uns doch Ihr Experiment«, sagte der Psychologe, »auch wenn das alles Unfug ist, wissen Sie.«

Der Zeitreisende lächelte uns zu. Dann ging er, noch immer schwach lächelnd und die Hände tief in den Hosentaschen, langsam aus dem Zimmer, und wir hörten ihn in seinen Pantoffeln durch den langen Korridor zu seinem Labor schlurfen.

Der Psychologe sah uns an. »Ich frage mich, was er da wohl hat?«

»Irgendeinen Taschenspielertrick«, sagte der Mediziner, und Filby wollte uns von einem Zauberkünstler erzählen, den er in Burslem gesehen hatte; doch noch ehe er seine Vorrede beenden konnte, kehrte der Zeitreisende zurück, und Filbys Anekdote sank in sich zusammen.

II

Die Maschine

Das Gerät, das der Zeitreisende in der Hand hielt, war ein glitzernder Metallrahmen, kaum größer als eine kleine Uhr und äußerst fein gearbeitet. Es enthielt Elfenbein und eine durchsichtige kristalline Substanz. Und jetzt muss ich mich klar ausdrücken, denn was nun folgt – es sei denn, man akzeptiert seine Erklärung –, ist etwas schlichtweg Unerklärliches. Der Zeitreisende nahm einen der kleinen achteckigen Tische, die im Raum verstreut standen, und stellte ihn mit zwei Beinen auf den Kaminvorleger vor dem Feuer. Sein Gerät stellte er auf diesen Tisch. Dann zog er einen Stuhl heran und setzte sich. Der einzige andere Gegenstand auf dem Tisch war eine kleine Schirmlampe, deren helles Licht auf das Modell fiel. Außerdem gab es ein gutes Dutzend Kerzen, zwei in Messingleuchtern auf dem Kaminsims und mehrere in Wandleuchtern, so dass der Raum prächtig erhellt war. Ich saß in einem niedrigen Sessel, dem Feuer am nächsten, und rückte ihn so weit nach vorn, dass ich mich fast zwischen dem Zeitreisenden und dem Kamin befand. Filby saß hinter ihm und schaute ihm über die Schulter. Der Mediziner und der Bürgermeister aus der Provinz behielten ihn von rechts im Auge, der Psychologe von links. Hinter dem Psychologen stand der sehr junge Mann. Wir alle waren auf der Hut. Es scheint mir undenkbar, dass man uns unter diesen Umständen einen Streich spielen konnte, und sei er noch so raffiniert erdacht und geschickt ausgeführt.

Der Zeitreisende blickte erst uns, dann die Vorrichtung an. »Nun?«, sagte der Psychologe.

»Dieses kleine Ding«, sagte der Zeitreisende, indem er sich mit den Ellbogen auf den Tisch stützte und die Hände über dem Gerät zusammenpresste, »ist nur ein Modell. Es ist mein Entwurf für eine Maschine, mit der man durch die Zeit reist. Sie werden bemerken, dass es eigentümlich krumm aussieht und die Stange hier so sonderbar funkelt, als sei sie irgendwie unwirklich.« Mit dem Finger deutete er auf das betreffende Teil. »Und hier ist ein kleiner weißer Hebel, und dort noch einer.«

Der Mediziner erhob sich aus seinem Sessel und spähte in das Gerät. »Es ist wundervoll gearbeitet«, sagte er.

»Ich habe zwei Jahre dafür gebraucht«, erwiderte der Zeitreisende. Dann, als wir es dem Mediziner nachgetan hatten, sagte er: »Ich möchte, dass Sie sich über eines im Klaren sind: Drückt man diesen Hebel, gleitet die Maschine in die Zukunft; mit dem anderen kehrt man die Bewegungsrichtung um. Dieser Sattel ist der Sitz eines Zeitreisenden. Sogleich werde ich den Hebel drücken, und die Maschine wird sich in Bewegung setzen. Sie wird abheben, in die zukünftige Zeit reisen und verschwinden. Schauen Sie sich das Ding gründlich an. Schauen Sie sich auch den Tisch an und überzeugen Sie sich, dass kein Betrug vorliegt. Ich möchte das Modell nicht opfern und mir dann nachsagen lassen, ich sei ein Scharlatan.«

Es entstand eine Pause von vielleicht einer Minute. Der Psychologe schien mit mir reden zu wollen, besann sich aber anders. Dann streckte der Zeitreisende seinen Zeigefinger in Richtung Hebel. »Nein«, sagte er plötzlich. »Geben Sie mir Ihre Hand.« Er wandte sich zu dem Psychologen, ergriff dessen Hand und forderte ihn auf, seinen Zeigefinger auszustrecken. Und so war es der Psychologe selbst, der das Modell der Zeitmaschine auf seine unendliche Reise schickte. Wir alle sahen, wie er den Hebel betätigte. Ich bin mir absolut sicher, dass kein Betrug vorlag. Es entstand ein Windhauch, und die Flamme der Lampe flackerte auf. Eine der Kerzen auf dem Kaminsims erlosch, und plötzlich schwang die kleine Maschine herum, verschwamm, war etwa eine Sekunde lang nur noch schemenhaft zu sehen, als ein Wirbel aus schwach glitzerndem Messing und Elfenbein; dann war sie fort – verschwunden! Bis auf die Lampe war der Tisch leer.

Alle schwiegen eine Minute lang. Dann sagte Filby, er fasse es nicht.

Der Psychologe löste sich aus seiner Erstarrung und spähte unter den Tisch. Daraufhin lachte der Zeitreisende fröhlich. »Nun?«, sagte er, die Frage des Psychologen aufnehmend. Dann erhob er sich, ging zum Tabakkrug auf dem Kaminsims, kehrte uns den Rücken zu und begann, seine Pfeife zu stopfen.

Wir starrten einander an. »Hören Sie«, sagte der Mediziner, »ist das Ihr Ernst? Glauben Sie im Ernst, die Maschine ist durch die Zeit gereist?«

»Gewiss«, sagte der Zeitreisende und bückte sich zum Kaminfeuer, um einen Fidibus zu entzünden. Dann drehte er sich um, steckte sich seine Pfeife an und blickte dem Psychologen ins Gesicht. (Um zu zeigen, dass er die Fassung bewahrte, griff der Psychologe nach einer Zigarre und versuchte, sie unangeschnitten anzuzünden.) »Mehr noch, dort drüben« – er deutete in Richtung Labor – »habe ich eine fast fertige große Maschine stehen, und wenn die zusammengebaut ist, gedenke ich, selbst eine Reise zu unternehmen.«

»Wollen Sie damit sagen, die Maschine ist in die Zukunft gereist?«, fragte Filby.

»In die Zukunft oder in die Vergangenheit – wohin genau, weiß ich nicht.«

Nach einer Pause hatte der Psychologe eine Eingebung. »Wenn sie überhaupt irgendwohin gereist ist, muss sie in die Vergangenheit gereist sein«, sagte er.

»Wieso?«, fragte der Zeitreisende.

»Weil ich annehme, dass sie sich im Raum nicht bewegt hat, und wenn sie in die Zukunft gereist wäre, wäre sie die ganze Zeit noch hier, da sie durch das Hier und Jetzt gereist sein muss.«

»Aber«, sagte ich, »wenn sie in die Vergangenheit gereist wäre, hätten wir sie doch schon gesehen, als wir dieses Zimmer zum ersten Mal betraten; und als wir am vergangenen Donnerstag hier waren; und am Donnerstag davor; und so weiter!«

»Ernstzunehmende Einwände«, bemerkte der Bürgermeister aus der Provinz mit unparteiischer Miene und wandte sich an den Zeitreisenden.

»Keineswegs«, sagte der Zeitreisende, und dann zum Psychologen: »Denken Sie mal nach. *Sie* können es erklären. Es handelt sich um einen Sinnesreiz unterhalb der Wahrnehmungsschwelle, Sie wissen schon, um einen abgeschwächten Sinnesreiz.«

»Natürlich«, sagte der Psychologe und beruhigte uns. »In der Psychologie eine ganz einfache Sache. Das hätte mir direkt einfallen müssen. Die Erklärung liegt auf der Hand und hilft auf wundersame Weise, das Paradoxon zu verstehen. Wir können die Maschine ebenso wenig wahrnehmen oder würdigen, wie wir die Speichen eines wirbelnden Rades oder eine durch die Luft sausende Gewehrkugel sehen können. Reist sie fünfzig- oder hundertmal schneller als wir durch die Zeit, durchläuft sie eine Minute, während wir eine Sekunde durchlaufen, so wird der Eindruck, den sie erzeugt, natürlich nur ein Fünfzigstel oder ein Hundertstel des Eindrucks ausmachen, den sie erzeugen würde, wenn sie nicht durch die Zeit reiste. Das ist offensichtlich.« Er fuhr mit der Hand durch die Luft, dort wo die Maschine gestanden hatte. »Sehen Sie?«, sagte er lachend.

Wir saßen da und starrten etwa eine Minute lang auf den leeren Tisch. Dann fragte uns der Zeitreisende, was wir von alledem hielten.

»Heute Abend klingt es recht einleuchtend«, sagte der Mediziner, »aber warten Sie bis morgen. Warten Sie auf den gesunden Menschenverstand am Morgen.«

»Möchten Sie die Zeitmaschine selbst in Augenschein nehmen?«, fragte der Zeitreisende. Und damit nahm er die Öllampe zur Hand und führte uns durch den langen, zugigen Korridor zu seinem Labor. Ich erinnere mich lebhaft an das flackernde Licht, an die Silhouette seines seltsam breiten Schädels, an den Tanz der Schatten, daran, wie wir ihm alle folgten, verblüfft, aber ungläubig, und wie wir dort im Labor eine größere Ausführung des kleinen Geräts erblickten, das vor unseren Augen verschwunden war. Einige Teile waren aus Nickel, andere aus Elfenbein; wieder andere zweifellos aus Bergkristall geschliffen oder geschnitten. Im Großen und Ganzen war das Ding fertiggestellt, nur die gekrümmten kristallinen Stangen lagen unvollendet neben einigen Blättern mit Zeichnungen auf der Werkbank, und ich hob eine davon auf, um sie mir genauer anzusehen. Sie schien aus Quarz zu sein.

»Hören Sie«, sagte der Mediziner, »ist das Ihr voller Ernst? Oder ist das ein Taschenspielertrick – so wie der Geist, den Sie uns vergangene Weihnachten gezeigt haben?«

»Auf dieser Maschine«, sagte der Zeitreisende und hielt die Lampe in die Höhe, »beabsichtige ich die Zeit zu erforschen. Ist das klar? In meinem ganzen Leben ist mir noch nie etwas so ernst gewesen.«

Keiner von uns wusste recht, was er davon halten sollte.

Über die Schulter des Mediziners hinweg fing ich Filbys Blick auf; er blinzelte mir feierlich zu.

III

Der Zeitreisende kehrt zurück

Ich denke, damals glaubte keiner von uns so recht an die Zeitmaschine. Tatsache ist, dass der Zeitreisende einer jener Männer war, die zu gescheit sind, als dass man ihnen glaubt. Nie hatte man das Gefühl, ihn zu durchschauen; hinter seiner klaren Offenheit argwöhnte man stets eine unterschwellige Reserviertheit, eine raffinierte Hinterhältigkeit. Hätte Filby das Modell vorgeführt und die Angelegenheit mit den Worten des Zeitreisenden erklärt, wir hätten *ihm* weit weniger Skepsis entgegengebracht. Denn wir hätten seine Beweggründe erkannt: Ein Schweinemetzger konnte Filby deuten. Doch zu den Eigenheiten des Zeitreisenden zählte mehr als nur ein Hauch von Wunderlichkeit, und wir misstrauten ihm. In seinen Händen wirkten Dinge, die einem weniger gescheiten Mann zu Ruhm verholfen hätten, wie Taschenspielertricks. Es ist ein Fehler, Dinge allzu einfach aussehen zu lassen. Ernste Leute, die ihn ernst nahmen, konnten sich seines Benehmens nie ganz sicher sein; irgendwie ahnten sie: Sich ihm gegenüber auf ihr Urteilsvermögen zu verlassen war so, als würde man ein Kinderzimmer mit Eierschalenporzellan ausstatten. Insofern glaube ich nicht, dass zwischen diesem und dem darauffolgenden Donnerstag auch nur einer von uns viel von Zeitreisen sprach, obwohl den meisten von uns zweifellos ihr eigentümliches Potential durch den Kopf ging, nämlich: ihre Plausibilität, ihre faktische Unglaubwürdigkeit, die kuriosen Möglichkeiten des Anachronismus und der äußersten Verwirrung, die sie nahelegten. Mich für mein Teil beschäftigte besonders der Trick mit dem Modell. Ich weiß noch, dass ich darüber mit dem Mediziner sprach, als ich ihm am Freitag in der Linné-Gesellschaft begegnete. Er sagte, etwas Ähnliches habe er in Tübingen gesehen, und hob vor allem das Erlöschen der Kerze hervor. Doch wie der Trick bewerkstelligt worden war, das konnte er nicht erklären.

Am nächsten Donnerstag fuhr ich abermals nach Richmond – vermutlich zählte ich zu den häufigsten Gästen des Zeitreisenden – und fand, da ich verspätet eintraf, in seinem Salon bereits vier oder fünf Herren versammelt. Der Mediziner stand vor dem Kamin, ein Blatt Papier in der einen Hand, seine Uhr in der anderen. Ich schaute mich nach dem Zeitreisenden um, und – »Es ist halb acht«, sagte der Mediziner. »Ich denke, wir sollten lieber zu Abend essen?«

»Wo ist –?«, fragte ich und nannte den Namen unseres Gastgebers.

»Sie sind eben erst gekommen? Es ist äußerst sonderbar. Er ist unvermeidlich aufgehalten worden. In dieser Mitteilung bittet er mich darum, Sie zu Tisch zu führen, falls er um sieben nicht zurück ist. Sagt, wenn er kommt, wird er alles erklären.«

»Es wäre schade, das Abendessen verderben zu lassen«, sagte der Herausgeber einer bekannten Tageszeitung, woraufhin der Doktor die Glocke läutete.

Außer dem Doktor und mir war der Psychologe der Einzige, der an dem vorherigen Abendessen teilgenommen hatte. Die anderen Herren waren Blank, der erwähnte Herausgeber, ein gewisser Journalist und ein weiterer Mann – ein stiller, schüchterner mit Bart –, den ich nicht kannte und der, soweit ich beobachten konnte, den ganzen Abend über vor sich hin schwieg. Bei Tisch wurde über die Abwesenheit des Zeitreisenden spekuliert, und halb im Scherz behauptete ich, er sei wohl auf Zeitreise. Der Herausgeber bat um eine Erklärung, und der Psychologe erstattete hölzern Bericht über das »geistreiche Paradoxon und den Taschenspielertrick«, deren Zeuge wir in der Vorwoche gewesen seien. Mitten in seinen Ausführungen öffnete sich langsam und lautlos die Tür zum Korridor. Ich saß der Tür gegenüber und sah es zuerst. »Hallo!«, sagte ich. »Endlich!« Die Tür ging weiter auf, und vor uns stand der Zeitreisende. Ich stieß einen

Schrei der Überraschung aus. »Gütiger Himmel! Mann, was ist passiert?«, rief der Mediziner, der ihn als Nächster sah. Und die ganze Tafelrunde wandte sich zur Tür.

Er war in einer erstaunlichen Notlage. Sein Mantel war staubig und verschmutzt und an den Ärmeln grün verschmiert, sein Haar zerzaust und, wie mir schien, noch grauer – sei es von Staub und Schmutz oder weil die Haarfarbe tatsächlich ausgebleicht war. Sein Gesicht war leichenfahl, und sein Kinn wies eine bräunliche Schnittwunde auf – eine halb verheilte Schnittwunde. Seine Miene war eingefallen und abgezehrt, wie von großem Leid. In der Tür zögerte er einen Augenblick, als sei er vom Licht geblendet. Dann trat er ins Zimmer. Er humpelte auf eine Weise, wie ich sie bei fußkranken Landstreichern gesehen habe. Schweigend starrten wir ihn an und warteten darauf, dass er das Wort ergriff.

Er sagte aber nichts, sondern schleppte sich mühsam zum Tisch und machte eine Handbewegung zum Wein hin. Der Herausgeber füllte ein Glas mit Champagner und schob es ihm zu. Er leerte es. Der Champagner schien ihm gutzutun, denn er blickte in die Runde, und ein Anflug seines alten Lächelns huschte über sein Gesicht. »Was in aller Welt haben Sie getrieben, Mann?«, fragte der Doktor. Der Zeitreisende schien ihn nicht gehört zu haben. »Lassen Sie sich von mir nicht stören«, sagte er mit stockender Aussprache. »Ich bin wohlauf.« Er hielt inne, streckte sein Glas zum Nachfüllen aus und leerte es in einem Zug. »Ah, das tut gut«, sagte er. Seine Augen hellten sich auf, und in seine Wangen stieg ein wenig Farbe. Sein Blick überflog mit einer gewissen dumpfen Billigung unsere Gesichter und wanderte sodann in dem warmen und gemütlichen Zimmer umher. Schließlich sprach er wieder, noch immer so, als müsse er sich durch die Worte tasten. »Ich werde mich waschen und umkleiden, dann werde ich herunterkommen und alles erklären … Heben Sie mir etwas von der Hammelkeule auf. Ich habe Hunger auf ein Stück Fleisch.«

Er blickte zu dem Herausgeber, der ein seltener Gast war, und äußerte die Hoffnung, dass es ihm gutgehe. Der Herausgeber setzte zu einer Frage an. »Erzähle Ihnen alles in Kürze«, sagte der Zeitreisende. »Mir ist – schwummrig! Es wird gleich wieder.«

Er stellte sein Glas ab und ging auf die Tür zu, die zum Treppenhaus führte. Wieder fielen mir sein lahmes Bein und das leise tappende Geräusch seiner Schritte auf. Als er hinausging, erhob ich mich, um einen Blick auf seine Füße zu werfen. Er trug nichts als ein Paar zerrissener, blutbefleckter Socken. Dann schloss sich die Tür hinter ihm. Ich hatte nicht übel Lust, ihm zu folgen, bis ich mich daran erinnerte, wie sehr er es verabscheute, wenn man zu viel Aufhebens um ihn machte. Etwa eine Minute lang war ich mit meinen Gedanken woanders. Dann hörte ich den Herausgeber sagen: »Bemerkenswertes Verhalten für einen herausragenden Wissenschaftler«, wobei er (wie es seine Gewohnheit war) in Schlagzeilen dachte. Und das lenkte meine Aufmerksamkeit wieder auf den hellen Esstisch.

»Was für ein Spiel treibt er mit uns?«, fragte der Journalist. »Spielt er einen dilettantischen Schnorrer? Ich kann ihm nicht folgen.« Ich begegnete dem Blick des Psychologen und las in seinem Gesicht meine eigene Deutung. Ich dachte an den Zeitreisenden, der mühsam die Treppe hinaufgehumpelt sein musste. Ich glaube nicht, dass sonst noch jemand sein lahmes Bein bemerkt hatte.

Der Erste, der sich ganz von der Überraschung erholte, war der Mediziner, der die Glocke läutete – der Zeitreisende hasste es, wenn das Abendessen von Dienern serviert wurde – und sich einen vorgewärmten Teller kommen ließ. Daraufhin wandte sich der Herausgeber mit einem Grunzen seinem Besteck zu, und der schweigsame Mann folgte seinem Beispiel. Das Abendessen nahm seinen Fortgang. Eine Weile beschränkte sich das Gespräch auf Ausrufe und Seufzer der Verwunderung, dann konnte der Herausgeber vor Neugier nicht länger an sich halten. »Bestreitet unser Freund sein bescheidenes Einkommen mit

Schwindeleien? Oder hat er eine Nebukadnezar-Phase?«, erkundigte er sich. »Ich bin mir sicher, es ist die Sache mit der Zeitmaschine«, sagte ich und knüpfte an den Bericht des Psychologen über unser letztes Treffen an. Die neuen Gäste waren unverhohlen skeptisch. Der Herausgeber erhob Einwände: »Was für eine Zeitreise soll das gewesen sein? Ein Mann kann sich ja wohl kaum mit Staub bedecken, indem er sich in einem Paradoxon wälzt, oder?« Und dann, als ihm der Einfall kam, flüchtete er sich in Spott: Gab es in der Zukunft etwa keine Kleiderbürsten? Auch der Journalist wollte um keinen Preis Glauben schenken und schloss sich dem Herausgeber an, der es sich leichtmachte und die ganze Angelegenheit ins Lächerliche zog. Sie gehörten einem neuen Schlag von Journalisten an – sehr fröhliche, respektlose junge Männer. »Unser Sonderkorrespondent berichtet vom übermorgigen Tag«, sagte – oder vielmehr rief – der Journalist in dem Augenblick, als der Zeitreisende zurückkam. Er trug gewöhnliche Abendgarderobe, und von der Veränderung, die mich so erschreckt hatte, war nichts als sein abgezehrtes Aussehen geblieben.

»Hören Sie«, sagte der Herausgeber vergnügt, »die Jungs hier behaupten, Sie seien bis Mitte nächster Woche unterwegs gewesen!! Erzählen Sie uns alles über den kleinen Rosebery, ja? Was verlangen Sie für das Ganze?«

Ohne ein Wort ging der Zeitreisende zu dem für ihn reservierten Platz. Er lächelte leise, auf seine gewohnte Art. »Wo ist meine Hammelkeule?«, sagte er. »Was für ein Genuss, die Gabel wieder in ein Stück Fleisch zu spießen!«

»Erzählen Sie!«, rief der Herausgeber.

»Einen Teufel werde ich tun!«, sagte der Zeitreisende. »Ich will essen. Bevor ich nicht ein paar Peptone in den Adern habe, werde ich kein Wort sagen. Danke. Und das Salz bitte.«

»Nur ein Wort«, sagte ich. »Sind Sie durch die Zeit gereist?«

»Ja«, antwortete der Zeitreisende mit vollem Mund und nickte.

»Für einen wortgetreuen Bericht würde ich einen Shilling pro Zeile zahlen«, sagte der Herausgeber. Der Zeitreisende schob dem schweigsamen Mann sein Glas hin und berührte es klirrend mit dem Fingernagel, woraufhin der schweigsame Mann, der ihm ins Gesicht gestarrt hatte, krampfartig zusammenzuckte und den Wein eingoss. Der Rest des Abendessens verlief unangenehm. Mir selbst drängten sich immer wieder Fragen auf die Lippen, und ich wage zu behaupten, dass es den anderen genauso erging. Der Journalist versuchte, die Spannung zu lösen, indem er Anekdoten über Hettie Potter zum Besten gab. Der Zeitreisende widmete seine Aufmerksamkeit dem Abendessen, dabei zeigte er den Appetit eines Landstreichers. Der Mediziner rauchte eine Zigarette und beobachtete durch seine Wimpern den Zeitreisenden. Der schweigsame Mann wirkte noch unbeholfener als sonst und trank aus purer Nervosität regelmäßig und entschlossen Champagner. Schließlich schob der Zeitreisende seinen Teller beiseite und blickte in die Runde. »Ich glaube, ich muss mich entschuldigen«, sagte er. »Ich war am Verhungern. Und ich habe Erstaunliches erlebt.« Er griff nach einer Zigarre und schnitt das Ende ab. »Aber kommen Sie doch ins Raucherzimmer. Die Geschichte ist zu lang, um sie über fettigen Tellern zu erzählen.« Und so führte er uns, nachdem er auf dem Weg dorthin die Glocke geläutet hatte, in das angrenzende Zimmer.

Er lehnte sich in seinem Sessel zurück und nannte die Namen der drei neuen Gäste. »Sie haben Blank, Dash und Chose von der Maschine erzählt?«, fragte er mich.

»Aber das Ding ist das reinste Paradoxon«, sagte der Herausgeber.

»Ich kann heute Abend nicht debattieren. Ich habe nichts dagegen, Ihnen die Geschichte zu erzählen, aber debattieren kann ich nicht. Wenn Sie mögen«, fuhr er fort, »erzähle ich Ihnen, was mir widerfahren ist, aber Sie müssen es unterlassen, mich zu unterbrechen. Ich will Ihnen die Geschichte erzählen. Unbedingt. Das meiste davon wird sich anhören wie ein Lügenmärchen. Sei's drum! Sie ist trotzdem wahr – jedes einzelne Wort. Um vier Uhr war ich in meinem Labor, und seitdem … habe ich acht Tage erlebt … Tage, wie sie kein Mensch je erlebt hat! Ich bin todmüde, aber ich werde nicht eher schlafen, als bis ich Ihnen die Sache erzählt habe. Dann werde ich zu Bett gehen. Aber keine Unterbrechungen! Einverstanden?«

»Einverstanden«, sagte der Herausgeber, und wir anderen wiederholten: »Einverstanden.« Und damit begann der Zeitreisende seine Geschichte, so wie ich sie hier festhalte. Anfangs lehnte er sich in seinem Sessel zurück und sprach wie ein völlig erschöpfter Mann. Danach wurde er lebhafter. Nun, da ich seine Geschichte niederschreibe, empfinde ich nur allzu deutlich die Unzulänglichkeit von Feder und Tinte – vor allem aber meine eigene Unzulänglichkeit –, um ihrer Eigenart gerecht zu werden. Ich nehme an, Sie werden recht aufmerksam lesen; aber Sie können weder das bleiche, aufrichtige Gesicht des Redners im hellen Schein der kleinen Lampe sehen noch die Intonation seiner Stimme hören. Sie können nicht wissen, wie sein Gesichtsausdruck den Windungen und Wendungen seiner Erzählung folgte! Die meisten von uns Zuhörern saßen im Dunkeln, denn die Kerzen im Raucherzimmer waren nicht angezündet worden, und nur das Gesicht des Journalisten und die Beine des schweigsamen Mannes, von den Knien abwärts, waren beleuchtet. Zu Beginn blickten wir einander hin und wieder an. Nach einer Weile ließen wir es sein und hingen nur noch an den Lippen des Zeitreisenden.

IV

Die Reise durch die Zeit

»Einigen von Ihnen habe ich bereits vergangenen Donnerstag von den Grundlagen der Zeitmaschine erzählt und Ihnen in der Werkstatt das unfertige Ding selbst gezeigt. Da steht sie nun, allerdings ein wenig von der Reise gezeichnet; eine der Elfenbeinstangen ist gesprungen und eine Messingschiene verbogen, aber der Rest ist noch ziemlich intakt. Ich rechnete damit, sie vergangenen Freitag fertigstellen zu können, doch am Freitag, als sie beinahe zusammengebaut war, merkte ich, dass eine der Nickelstangen genau fünfundzwanzig Millimeter zu kurz geraten war, und musste sie ersetzen lassen, so dass das Ding erst heute Morgen fertig wurde. Heute um zehn Uhr trat die erste aller Zeitmaschinen ihre Reise an. Ich klopfte sie ein letztes Mal ab, zog noch einmal alle Schrauben nach, gab noch einen Tropfen Öl auf die Quarzstange und setzte mich in den Sattel. Ich vermute, wer seinem Leben ein Ende bereiten möchte und sich die Pistole an den Kopf hält, ist ebenso gespannt, was als Nächstes kommt, wie ich es in diesem Augenblick war. Ich nahm den Starthebel in die eine und den Stopphebel in die andere Hand, drückte ersteren und gleich darauf den zweiten. Ich schien zu taumeln; ich hatte das alptraumhafte Gefühl, zu fallen, doch als ich mich umschaute, sah ich wie vorher das Labor. War etwas passiert? Einen Moment lang argwöhnte ich, mein Verstand habe mich getäuscht. Dann bemerkte ich die Uhr. Eben noch, so schien es, hatte sie auf etwa eine Minute nach zehn gestanden; jetzt war es fast halb vier!

Ich holte Luft, biss die Zähne zusammen, packte mit beiden Händen den Starthebel und fuhr mit einem dumpfen Knall los. Das Labor verdunkelte sich und verschwamm. Mrs Watchett kam herein und ging zur Gartentür, offenbar ohne mich zu sehen. Ich nehme an, sie benötigte etwa eine Minute, um den

Raum zu durchqueren; mir aber kam es vor, als schieße sie wie eine Rakete durch das Labor. Ich drückte den Hebel bis zum Anschlag. Die Nacht brach so schnell herein, als würde eine Lampe gelöscht, und im nächsten Moment kam auch schon der morgige Tag. Das Labor wurde blass und undeutlich, dann noch blasser und immer noch blasser. Schwarz kam die morgige Nacht, dann wieder Tag, wieder Nacht, wieder Tag, schneller und immer schneller. Ein Rauschen wie von einem Strudel erfüllte meine Ohren, und eine sonderbare, stumme Verwirrung befiel meinen Geist.

Ich fürchte, ich kann Ihnen die eigenartigen Empfindungen, die man bei einer Zeitreise hat, gar nicht richtig vermitteln. Sie sind äußerst unangenehm. Es ist das gleiche Gefühl wie das, welches man auf einer Achterbahn hat – ein hilfloses Kopfüberfallen! Und ich verspürte dieselbe entsetzliche Angst vor dem drohenden Aufprall. Als ich beschleunigte, folgte schnell wie ein schwarzer Flügelschlag die Nacht auf den Tag. Bald schienen sich die trüben Umrisse des Labors gänzlich zu verwischen, und ich sah, wie rasch die Sonne über den Himmel jagte, ihn jede Minute ganz durcheilte, und jede dieser Minuten entsprach einem Tag. Ich nahm an, dass das Labor zerstört worden war und ich mich unter freiem Himmel befand. Ich hatte den flüchtigen Eindruck eines Gerüsts, doch um bewegliche Gegenstände erkennen zu können, fuhr ich bereits viel zu schnell. Die langsamste Schnecke, die je auf Erden kroch, sauste allzu hastig an mir vorbei. Für das Auge war die blitzartige Folge von Hell und Dunkel äußerst schmerzhaft. In den Dunkelperioden sah ich, wie der Mond ungestüm seine Phasen von Neumond bis Vollmond durchlief, und konnte einen kurzen Blick auf die kreisenden Gestirne werfen. Wie ich so dahinbrauste und meine Geschwindigkeit weiter zunahm, verschmolz das Pulsieren von Tag und Nacht zu einem einzigen ununterbrochenen Grau; der Himmel nahm einen wunderbar tiefen Blauton an, eine prächtig strahlende Farbe wie in der frühen Abenddämmerung; die dahinjagende Sonne wurde zu einem Feuerstrahl, zu einem leuchtenden Bogen im All; der Mond ein blasserer, schwankender Streif; und von den Sternen sah ich nichts als hin und wieder einen helleren Kreis, der im Blau erzitterte.

Die Landschaft war dunstig und verschwommen. Ich befand mich noch immer auf dem Hangstück, auf dem dieses Haus steht, und über mir erhob sich grau und düster der Steilhang. Bäume sah ich wachsen, die ihre Form so rasch wie Dampfschwaden veränderten, bald braun waren, bald grün; sie wuchsen, breiteten ihre Äste aus, erschauerten und schieden dahin. Riesige Gebäude sah ich blass und schön in die Höhe ragen und wie Träume vergehen. Die ganze Erdoberfläche schien wie verwandelt – vor meinen Augen schmolz und zerfloss sie. Die kleinen Zeiger auf den Zifferblättern, die meine Geschwindigkeit anzeigten, drehten sich immer schneller. Bald bemerkte ich, dass der Sonnengürtel von einer Sonnenwende zur nächsten binnen einer Minute oder weniger auf und ab tanzte und meine Geschwindigkeit folglich mehr als eine Minute pro Jahr betrug; und Minute für Minute glitzerte weißer Schnee in der Welt, verschwand und wurde abgelöst vom flüchtigen hellen Grün des Frühlings.

Inzwischen waren die unangenehmen Empfindungen des Aufbruchs nicht mehr ganz so stark. Zuletzt verwandelten sie sich in eine Art rauschhaftes Hochgefühl. Zwar bemerkte ich ein unbeholfenes Schwanken der Maschine, das ich mir nicht recht zu erklären wusste. Aber ich war zu verwirrt, um mich darum zu kümmern, und so stürzte ich mich in einer Art Wahnsinn in alles Zukünftige. Zunächst dachte ich kaum daran, anzuhalten, dachte an kaum etwas anderes als an diese neuen Sinneseindrücke. Doch schon bald stieg eine Reihe neuer Empfindungen in mir auf – eine gewisse Neugier und damit ein gewisses Grauen –, bis diese schließlich ganz von mir Besitz ergriffen. Welch sonderbare Entwicklungen der Menschheit, dachte ich, welch wundervolle Fortschritte gegenüber unserer rudimentären Zivilisation mochten sich erst zeigen, wenn ich die verschwommene, schwer fassbare Welt, die vor meinen Augen brauste und schwankte, aus der Nähe betrachtete! Um mich her sah ich große Prachtbauten aufragen, gewaltiger als alle Architektur unserer Tage, und doch, wie mir schien, aus Flimmer und Dunst errichtet. Ich sah ein satteres Grün den Hang hinauffließen und dort verharren ohne jede Unterbrechung durch den Winter. Selbst durch den Schleier meiner Verwirrung erschien mir die Erde sehr schön. Und so kam mir die Idee, nun doch anzuhalten.

Das besondere Risiko lag darin, dass ich in dem Raum, den ich oder die Maschine einnahm, mit irgendeiner Substanz kollidieren mochte. Solange ich mich mit hoher Geschwindigkeit durch die Zeit bewegte, spielte es kaum eine Rolle; ich war gewissermaßen verdünnt – glitt wie Dunst durch die Zwischenräume der mir entgegenstehenden Substanzen! Doch um anhalten zu können, musste ich mich Molekül für Molekül gegen alles stemmen, was mir im Weg stand. Das bedeutete, meine Atome in so engen Kontakt mit denen des Hindernisses zu bringen, dass eine tiefgreifende chemische Reaktion – möglicherweise eine weitreichende Explosion – die Folge wäre und mich und meinen Apparat aus allen denkbaren Dimensionen heraussprengen würde – ins Unbekannte. Als ich die Maschine gebaut hatte, war mir diese Möglichkeit immer wieder in den Sinn gekommen; damals aber hatte ich sie gut gelaunt als unvermeidliches Risiko akzeptiert – als eines der Risiken, die ein Mensch eingehen muss! Nun, da das Risiko unvermeidlich war, sah ich es nicht länger in demselben fröhlichen Licht. Tatsache ist, dass die absolute Befremdlichkeit des Ganzen, das übelkeiterregende Gerüttel und Geschüttel der Maschine und vor allem das Gefühl unaufhörlichen Fallens meine Nerven völlig zerrüttet hatten. Ich befürchtete, nie mehr anhalten zu können, und in einem Anfall von Gereiztheit beschloss ich, auf der Stelle anzuhalten. Wie ein ungeduldiger Narr warf ich den Hebel herum, woraufhin das Ding sich überschlug und ich mit dem Kopf voran durch die Luft geschleudert wurde.

In meinen Ohren dröhnte es wie Donner. Vielleicht war ich einen Moment lang betäubt. Ich saß vor der umgestürzten Maschine auf einer weichen Grasfläche, und um mich her rauschte ein erbarmungsloser Hagelguss herab. Noch wirkte alles grau, doch alsbald bemerkte ich, dass der wirre Lärm in meinen Ohren nachgelassen hatte. Ich blickte mich um. Offenbar befand ich mich in einem Garten, auf einem kleinen Rasenstück, umgeben von Rhododendren. Ich sah, wie ihre malven- und purpurfarbenen Blüten unter dem Aufprall der Hagelkörner in einem Schauer herabfielen. Auch über der Maschine tanzte der Hagel wolkenförmig, prasselte auf sie herunter und zog wie Rauch über den Erdboden hinweg. Im Handumdrehen war ich bis auf die Haut durchnässt. ›Welch gebührender Empfang‹, sagte ich, ›für einen Mann, der unzählige Jahre gereist ist, um euch zu sehen.‹

Dann dachte ich, wie dumm von mir, mich so durchnässen zu lassen. Ich erhob mich und blickte mich weiter um. Hinter den Rhododendren ragte undeutlich eine kolossale, offenbar mit weißem Stein gefertigte Gestalt aus dem Hagelschleier empor. Alles andere in der Welt jedoch war unsichtbar.

Meine Empfindungen lasen sich nur schwer beschreiben. Als der Hagel nachließ, konnte ich die weiße Gestalt deutlicher erkennen. Sie war sehr groß, denn ihre Schulter wurde von einer Sandbirke berührt. Sie war aus weißem Marmor und hatte die Form einer geflügelten Sphinx; die Flügel hatte sie jedoch nicht an den Körper angelegt, sondern ausgebreitet, so dass sie zu schweben schien. Der Sockel, so schien es mir, war aus Bronze und dick mit Grünspan überzogen. Zufälligerweise war das Gesicht mir zugewandt; die blinden Augen schienen mich zu beobachten, auf den Lippen lag der schwache Schatten eines Lächelns. Die Statue war stark verwittert, und das vermittelte den unangenehmen Eindruck von Siechtum. Ich stand eine Weile da und betrachtete sie – vielleicht eine halbe Minute oder eine halbe

Stunde lang. Sie schien vorzutreten und zurückzuweichen, je nachdem, ob der Hagelfall vor ihr dichter oder dünner wurde. Endlich riss ich mich für einen Augenblick von ihr los und sah, dass der Hagelvorhang fadenscheinig geworden war, dass der Himmel sich aufhellte und Sonnenschein verhieß.

Wieder blickte ich zu der kauernden weißen Gestalt auf, und plötzlich wurde mir die ganze Kühnheit meiner Reise bewusst. Was mochte zum Vorschein kommen, wenn der Dunstvorhang ganz aufgezogen wurde? Was mochte mit den Menschen passiert sein? Was, wenn Grausamkeit zu einer ganz gewöhnlichen Leidenschaft geworden war? Was, wenn die Menschheit in der Zwischenzeit ihre Männlichkeit eingebüßt und sich zu etwas Unmenschlichem, Gefühllosem und überwältigend Mächtigem entwickelt hatte? Ich mochte ihnen wie ein wildes Tier aus der alten Welt erscheinen, umso grausiger und ekliger aufgrund unserer Ähnlichkeit – ein widerwärtiges Geschöpf, das man ohne Hemmungen erschlagen durfte.

Schon sah ich andere große Gebilde – gewaltige Bauten mit verschnörkelten Brüstungen und hohen Säulen –, und durch den nachlassenden Sturm rückte schemenhaft ein bewaldeter Hügel heran. Panische Angst erfasste mich. Verzweifelt wandte ich mich zu der Zeitmaschine um und bemühte mich, sie neu zu justieren. Da drangen die ersten Sonnenstrahlen durchs Gewölk. Der graue Hagelschauer wurde beiseitegefegt und verflüchtigte sich wie das nachschleppende Gewand eines Gespensts. Über mir, im intensiven Blau des Sommerhimmels, wirbelten einige schwache braune Wolkenfetzen ins Nichts. Die großen Gebäude um mich her zeichneten sich klar und deutlich ab, sie glänzten von der Nässe des Unwetters, und auf den Vorsprüngen türmten sich weiß die Hagelkörner, die noch nicht geschmolzen waren. Ich fühlte mich nackt in einer fremden Welt. Ich fühlte mich so, wie ein Vogel in der klaren Luft sich fühlen mag, der weiß, dass über ihm der Habicht schwebt und jeden Augenblick herabstoßen wird. Meine Angst steigerte sich zu

Raserei. Ich holte tief Luft, biss die Zähne zusammen und machte mich mit Handgelenk und Knie noch einmal entschlossen an der Maschine zu schaffen. Unter meinem verzweifelten Ansturm gab sie nach und ließ sich wieder aufrichten. Dabei erhielt ich einen heftigen Schlag gegen das Kinn. Eine Hand auf dem Sattel, die andere am Hebel, stand ich schwer keuchend da, bereit, die Maschine wieder zu besteigen.

Doch mit der Möglichkeit eines schnellen Rückzugs kehrte auch mein Mut zurück. Ich betrachtete die Welt der fernen Zukunft mit größerer Neugier und geringerer Angst. In einer kreisrunden Öffnung hoch oben in der Mauer des nächstgelegenen Hauses sah ich eine Gruppe von Gestalten, die in kostbare weiche Gewänder gehüllt waren. Sie hatten mich erblickt, und ihre Gesichter waren mir zugewandt.

Dann hörte ich, wie sich mir Stimmen näherten. Durch das Gebüsch bei der Weißen Sphinx eilten Männer, von denen nur die Köpfe und Schultern zu sehen waren. Einer von ihnen tauchte auf einem Pfad auf, der geradewegs zu dem kleinen Rasenstück führte, auf dem ich mit meiner Maschine stand. Ein schmächtiges Geschöpf – etwa einen Meter zwanzig groß –, gewandet in einer purpurroten Tunika, die in der Taille von einem Ledergürtel zusammengehalten wurde. An den Füßen trug er Sandalen oder Halbstiefel – ich konnte nicht genau erkennen, was; seine Beine waren bis zu den Knien unbedeckt, ebenso sein Kopf. Als ich das alles sah, fiel mir zum ersten Mal auf, wie lau die Luft war.

Er machte auf mich den Eindruck eines sehr schönen und anmutigen Geschöpfs, jedoch unsagbar zerbrechlich. Sein gerötetes Gesicht erinnerte mich an die schönere Art von Schwindsüchtigen – jene fiebrige Schönheit, von der wir früher so viel gehört haben. Bei seinem Anblick gewann ich mit einem Mal wieder meine Zuversicht zurück. Ich ließ die Maschine los.

V

Im Goldenen Zeitalter

Im nächsten Moment standen wir einander gegenüber, ich und dieses zerbrechliche Ding aus der Zukunft. Er kam direkt auf mich zu und lachte mir ins Gesicht. Mir fiel sofort auf, dass sein Verhalten keinerlei Anzeichen von Furcht erkennen ließ. Dann wandte er sich an die beiden anderen, die ihm gefolgt waren, und sprach zu ihnen in einer fremden, sanft dahinfließenden Sprache.

Es kamen noch andere hinzu, und bald umstand mich eine kleine Gruppe von vielleicht acht oder zehn dieser exquisiten Wesen. Einer von ihnen sprach mich an. Merkwürdigerweise kam mir der Gedanke, meine Stimme könnte zu barsch und zu tief für sie klingen. So schüttelte ich den Kopf, deutete auf meine Ohren und schüttelte ihn erneut. Er trat einen Schritt vor, zögerte und berührte dann meine Hand. Gleich darauf spürte ich auf Rücken und Schultern weitere kleine weiche Fühler. Sie wollten sich vergewissern, dass ich keine Einbildung war. Nichts davon hatte etwas Beunruhigendes. In der Tat hatten diese hübschen kleinen Leute etwas an sich, das Vertrauen einflößte – eine graziöse Sanftmut, eine gewisse kindliche Unbefangenheit. Zudem sahen sie so zerbrechlich aus, dass ich mir vorstellen konnte, ein ganzes Dutzend von ihnen wie Kegel umherzuschleudern. Doch als ich sah, wie sie mit ihren kleinen rosa Händen die Zeitmaschine betasteten, machte ich eine jähe Bewegung, um sie zu warnen. Zum Glück besann ich mich gerade noch rechtzeitig auf eine Gefahr, an die ich bis dahin noch gar nicht gedacht hatte. Ich griff über die Stangen der Maschine hinweg, schraubte die kleinen Hebel ab, die sie in Bewegung setzen würden, und steckte sie in meine Tasche. Dann wandte ich mich wieder um und überlegte, wie ich mich mit den Leuten verständigen konnte.

Und als ich ihre Gesichtszüge genauer betrachtete, nahm ich an ihrer porzellanhaften Schönheit weitere Besonderheiten wahr. Ihr gleichmäßig gelocktes Haar endete abrupt an Nacken und Wangen, es gab nicht die geringste Andeutung von Gesichtsbehaarung, und ihre Ohren waren ungewöhnlich klein. Auch der Mund war klein, mit leuchtend roten, eher dünnen Lippen, und das schmale Kinn lief spitz zu. Die Augen waren groß und sanft. Und – es mag selbstgefällig wirken – ich hatte sogar damals schon den Eindruck, dass sie es an dem Interesse fehlen ließen, das ich von ihnen hätte erwarten dürfen.

Da sie keine Anstalten machten, mit mir zu kommunizieren, sondern mich nur lächelnd umstanden und in leise gurrenden Tönen miteinander redeten, knüpfte ich selbst ein Gespräch an. Ich deutete auf die Zeitmaschine und auf mich selbst. Ich überlegte einen Moment, wie ich »Zeit« ausdrücken sollte, dann zeigte ich auf die Sonne. Sogleich folgte eine hübsche kleine Gestalt in rot-weiß karierter Kleidung meiner Geste und ahmte zu meinem Erstaunen das Geräusch des Donners nach.

Einen Augenblick lang war ich fassungslos, obwohl der Sinn seiner Geste auf der Hand lag. Mit einem Mal schoss mir die Frage durch den Kopf: Waren diese Geschöpfe etwa Hohlköpfe? Sie werden schwerlich nachvollziehen können, wie mich diese Frage traf. Schauen Sie, ich hatte stets vorhergesagt, dass uns die Menschen um das Jahr 802 000 plus an Wissen, Kunst und allem anderen unglaublich weit voraus wären. Und plötzlich stellte mir einer von ihnen eine Frage, die bewies, dass er sich auf dem geistigen Niveau eines unserer fünfjährigen Kinder befand – fragte er mich doch, ob ich in einem Unwetter von der Sonne herabgestiegen sei! Damit war das Urteil, mit dem ich mich angesichts ihrer Kleidung, ihrer zarten, leichten Gliedmaßen und ihrer zerbrechlichen Gesichtszüge zunächst zurückgehalten hatte, gefallen. Eine Welle der Enttäuschung durchströmte mich. Einen Moment lang hatte ich das Gefühl, die Zeitmaschine umsonst gebaut zu haben.

Ich nickte, zeigte auf die Sonne und gab eine so lebhafte Darstellung eines Donnerschlags, dass sie erschraken. Sie alle zogen sich ein, zwei Schritte zurück und verneigten sich. Dann trat einer von ihnen lachend auf mich zu. Er trug eine Kette aus wunderschönen, mir völlig unbekannten Blumen und legte sie mir um den Hals. Der Einfall wurde mit klangvollem Applaus aufgenommen, und bald liefen alle hin und her, um Girlanden herbeizuholen und sie mir lachend überzuwerfen, bis ich fast vollständig von Blüten bedeckt war. Sie, die Sie dergleichen noch nie gesehen haben, können sich schwerlich vorstellen, welch zarte und herrliche Blumen ungezählte Jahre der Kultivierung hervorgebracht hatten. Dann schlug jemand vor, ihr neues Spielzeug gleich im nächsten Gebäude auszustellen, und so führten sie mich an der weißen Marmorsphinx vorbei, die mich die ganze Zeit beobachtete und über meine Verwunderung gelächelt zu haben schien, zu einem großen grauen Gebäude aus verwittertem Stein. Im Gehen kam mir mit unwiderstehlicher Heiterkeit in den Sinn, wie zuversichtlich ich eine tiefernste und geistig hochstehende Nachwelt vorhergesagt hatte.

Das Gebäude hatte einen riesigen Eingang und war überhaupt von kolossalen Ausmaßen. Am meisten nahm mich natürlich die wachsende Schar kleiner Leute in Anspruch sowie die großen offenen Portale, die sich düster und geheimnisvoll vor mir auftaten. Mein allgemeiner Eindruck von der Welt, die ich über ihren Köpfen erblickte, war der eines verworrenen Dickichts aus herrlichen Büschen und Blumen, eines Gartens, lange vernachlässigt und doch frei von Unkraut. Ich sah eine Reihe hoher Rispen mit seltsamen weißen Blumen, deren wächserne Blütenblätter an die dreißig Zentimeter breit waren. Wie im Wildwuchs gediehen sie verstreut zwischen dem buntlaubigen Buschwerk, doch wie gesagt, zu diesem Zeitpunkt hatte ich sie noch nicht näher untersucht. Die Zeitmaschine stand verlassen zwischen den Rhododendren auf dem Rasen.

Der Torbogen war reich verziert, aber natürlich konnte ich

die Verzierungen nicht näher in Augenschein nehmen, obwohl ich, als ich hindurchschritt, Andeutungen altphönizischer Ornamente wahrzunehmen glaubte und mir auffiel, dass sie stark beschädigt und verwittert waren. Im Torweg kamen mir mehrere hell gekleidete Leute entgegen, und so traten wir ein: ich mit Girlanden behängt, in der dunklen Kleidung des neunzehnten Jahrhunderts und umringt von einer wogenden Masse heller, weicher Gewänder und strahlend weißer Glieder, in einem melodischen Wirbel von Gelächter und Geplauder – ein wahrhaft grotesker Anblick.

Das gewaltige Portal führte in einen entsprechend geräumigen Saal mit braunen Wandbehängen. Die Saaldecke lag im Dunkeln, und die Fenster, teils mit Buntglas versehen, teils unverglast, ließen gedämpftes Licht ein. Der Fußboden bestand aus riesigen Blöcken eines sehr harten weißen Metalls – aus Blöcken, nicht etwa aus Platten oder Fliesen – und war, wie mir schien, vom Hin- und Herlaufen vergangener Generationen so ausgetreten, dass sich auf den häufiger begangenen Wegen tiefe Rinnen gebildet hatten. Quer zur Längsrichtung standen unzählige etwa dreißig Zentimeter hohe Tische aus polierten Steinplatten, auf denen sich Obst türmte. Einige der Früchte kannte ich: eine Art überdimensionierter Himbeeren und Orangen. Die meisten aber waren mir fremd.

Zwischen den Tischen hatte man eine Vielzahl von Kissen verteilt. Auf diese setzten sich meine Begleiter und gaben mir ein Zeichen, es ihnen gleichzutun. Ohne großes Zeremoniell begannen sie, die Früchte mit den Händen zu essen, indem sie Schalen, Stiele und so weiter in die runden Öffnungen warfen, die an den Seiten der Tische angebracht waren. Ich ließ mich nicht zweimal bitten, denn ich hatte Hunger und Durst. Dabei schaute ich mich in aller Ruhe im Saal um.

Am meisten fiel mir sein heruntergekommenes Aussehen auf. Die Buntglasfenster, die nur geometrische Muster zeigten, waren an vielen Stellen zerbrochen und die Vorhänge am unteren Ende des Saals mit einer dicken Staubschicht bedeckt. Und ich bemerkte, dass eine Ecke des Marmortischs neben mir abgesplittert war. Dennoch war der Gesamteindruck der von malerischer Pracht. Es speisten wohl an die zweihundert Menschen im Saal, und die meisten von ihnen, die so nahe wie möglich an mich herangerückt waren, beobachteten mich voller Interesse. Über dem Obst, das sie verzehrten, funkelten ihre kleinen Augen. Sie alle waren in denselben weichen und doch robusten Seidenstoff gehüllt.

Obst war übrigens ihre einzige Nahrung. Die Menschen der fernen Zukunft waren strenge Vegetarier, und solange ich unter ihnen weilte, musste auch ich mich, trotz einiger fleischlicher Gelüste, von Früchten ernähren. Tatsächlich fand ich später heraus, dass Pferde, Rinder, Schafe und Hunde dem Ichthyosaurus nachgefolgt und ausgestorben waren. Das Obst allerdings mundete köstlich. Eine Frucht, die während meines gesamten Aufenthalts Saison zu haben schien – ein mehliges Ding mit einer dreiseitigen Schale –, schmeckte besonders gut, und ich machte sie zu meinem Hauptnahrungsmittel. Zuerst war ich verwirrt von all den seltsamen Früchten und den noch seltsameren Blumen, die ich sah, später aber begann ich ihre Bedeutung zu verstehen.

Doch zurück zu meiner Obstmahlzeit in ferner Zukunft. Sobald mein Hunger fürs Erste gestillt war, beschloss ich, ernsthaft zu versuchen, die Sprache dieser mir neuen Menschen zu erlernen. Natürlich war dies die nächstliegende Aufgabe. Das Obst schien mir ein geeigneter Anknüpfungspunkt, und indem ich eine der Früchte in die Höhe hielt, begann ich mit einer Reihe fragender Laute und Gesten. Ich hatte beträchtliche Schwierigkeiten, mein Anliegen zu vermitteln. Zuerst wurden meine Bemühungen mit erstaunten Blicken oder nicht endenden wollendem Gelächter aufgenommen, doch schon bald schien eines der kleinen blonden Geschöpfe meine Absicht zu begreifen und wiederholte einen Namen. Alles plapperte drauflos, anscheinend mussten sie die Sache untereinander ausmachen, und meine ersten Versuche, die exquisiten kleinen Laute ihrer Sprache zu artikulieren, sorgten für große, nicht eben höfliche Belustigung. Ich aber kam mir vor wie ein Schulmeister unter Kindern und blieb hartnäckig, und binnen kurzem verfügte ich zumindest über eine Anzahl von Substantiven. Daraufhin arbeitete ich mich zu den Demonstrativpronomen vor und sogar zu dem Verb »essen«. Aber es ging nur langsam voran, und die Leutchen wurden bald müde und wollten sich der Befragung entziehen, und so beschloss ich aus der Not heraus, mich in kleinen Portionen unterrichten zu lassen und nur, wenn ihnen der Sinn danach stand. Und wie sich bald herausstellte, waren es sehr kleine Portionen, denn noch nie bin ich Menschen begegnet, die träger waren oder leichter ermüdeten.

VI

Der Sonnenuntergang der Menschheit

Bald entdeckte ich etwas Merkwürdiges an meinen kleinen Gastgebern, nämlich ihr mangelndes Interesse. So kamen sie zwar wie Kinder mit eifrigen Ausrufen des Erstaunens auf mich zu, doch wie Kinder hörten sie gleich wieder auf, mich zu untersuchen, und gingen davon, um ein anderes Spielzeug zu finden. Als die Mahlzeit und meine Gesprächsversuche endeten, bemerkte ich zum ersten Mal, dass fast alle, die mich anfangs umringt hatten, verschwunden waren. Ebenso seltsam war, wie schnell auch mich die kleinen Leute nicht mehr interessierten. Sobald mein Hunger gestillt war, trat ich durch das Portal wieder hinaus in die sonnenbeschienene Welt. Unaufhörlich begegnete ich weiteren Menschen aus der Zukunft, die mir ein Stück weit folgten, schwatzten, über mich lachten und mich, nachdem sie freundlich gelächelt und gestikuliert hatten, wieder mir selbst überließen.

Als ich aus dem großen Saal trat, lag Abendstille über der Welt, und die Szenerie wurde von der warmen Glut der untergehenden Sonne beschienen. Zuerst war alles sehr verwirrend, alles so ganz anders als die mir bekannte Welt – sogar die Blumen. Das große Gebäude, das ich verlassen hatte, lag am Hang eines breiten Flusstals, doch hatte sich die Themse rund anderthalb Kilometer von ihrer jetzigen Lage entfernt. Ich beschloss, den Gipfel eines etwa zweieinhalb Kilometer entfernten Bergrückens zu besteigen, von dem aus ich einen besseren Ausblick auf diesen unseren Planeten im Jahre 802 701 nach Christus hätte. Denn das war, wie ich hinzufügen sollte, das Jahr, das die kleinen Zifferblätter meiner Maschine anzeigten.

Im Gehen achtete ich auf jeden Eindruck, der dazu beitragen mochte, die verfallene Pracht zu erklären, in der ich die Welt vorfand – denn verfallen war sie. Zum Beispiel lag ein Stück weit den Hügel hinan ein großer Haufen Granit, zusammengehalten von Unmengen Aluminium, ein gewaltiges Labyrinth aus steilen Mauern und Trümmerhalden, und mittendrin dichte Büschel sehr schöner pagodenförmiger Pflanzen – möglicherweise Brennnesseln –, deren Blätter jedoch wunderbar braun gefärbt waren und gar nicht brannten. Offensichtlich handelte es sich um die verfallenen Überreste eines gewaltigen Bauwerks, doch wozu es errichtet worden war, konnte ich nicht ermitteln. An dieser Stelle sollte ich zu einem späteren Zeitpunkt eine sehr merkwürdige Erfahrung machen – die erste Andeutung einer noch merkwürdigeren Entdeckung –, doch davon will ich später an der richtigen Stelle erzählen.

Auf einer Terrasse ruhte ich mich eine Weile aus, und als ich mich, einer plötzlichen Eingebung folgend, umschaute, wurde mir bewusst, dass überhaupt keine kleinen Häuser zu sehen waren. Offenbar war das Einfamilienhaus, vielleicht sogar der Einzelhaushalt abgeschafft. Hier und da standen palastartige Gebäude inmitten des Grüns, doch das einzeln stehende Haus und das Cottage, so charakteristisch für unsere englische Landschaft, waren verschwunden.

›Kommunismus‹, sagte ich mir.

Und diesem Gedanken dicht auf den Fersen folgte ein zweiter. Ich betrachtete das halbe Dutzend kleiner Gestalten, die mir folgten. Mir fiel es wie Schuppen von den Augen: Alle trugen die gleiche Tracht, hatten das gleiche unbehaarte, weiche Gesicht und die gleiche mädchenhafte Rundung der Glieder. Dass ich es nicht schon früher bemerkt hatte, mag seltsam anmuten. Aber hier war ja alles seltsam. Jetzt sah ich es deutlich vor mir. In Kleidung, Körperbau, Benehmen, in allem, was die Geschlechter heute voneinander unterscheidet, glichen sich die Menschen der Zukunft. Und die Kinder wirkten auf mich wie Miniaturausgaben ihrer Eltern. Ich gelangte zu dem Schluss, dass die Kinder dieser Epoche, zumindest körperlich, außerordentlich frühreif sein mussten, und sah mich später in dieser Auffassung vollständig bestätigt.

In Anbetracht der Behaglichkeit und Sicherheit, in der diese Menschen lebten, hatte ich den Eindruck, dass mit einer solchen Ähnlichkeit der Geschlechter eigentlich zu rechnen war: Denn die Stärke des Mannes und die Sanftheit der Frau, die Institution der Familie und die Arbeitsteilung zwischen den Geschlechtern sind nur in kriegerischen Zeiten körperlicher Gewalt notwendig. Wo die Bevölkerung ausgewogen und zahlreich vorhanden ist, sind hohe Geburtenziffern für den Staat eher von Übel als von Vorteil. Wo es aber nur selten zu Gewaltausbrüchen kommt und der Nachwuchs von keinerlei Gefahren bedroht wird, ist eine gut funktionierende Familie weniger, ja eigentlich gar nicht notwendig, und die Spezialisierung der beiden Geschlechter hinsichtlich der Bedürfnisse ihrer Kinder wird überflüssig. Erste Anzeichen dafür nehmen wir bereits in unserer Epoche wahr, und im künftigen Zeitalter war der Wandel abgeschlossen. So jedenfalls meine damalige Vermutung. Später würde ich einsehen müssen, wie wenig sie der Wirklichkeit entsprach.

Während ich über diese Dinge nachsann, zog ein hübscher kleiner Bau meine Aufmerksamkeit auf sich – eine Art Brunnen unter einer Kuppel. Flüchtig kam mir der Gedanke, wie seltsam es war, dass es noch Brunnen gab, dann nahm ich den Faden meiner Überlegungen wieder auf. Auf dem Weg zum Hügel gab es keine großen Gebäude, und da ich offenbar über eine geradezu wundersame Gehfähigkeit verfügte, war ich bald darauf zum ersten Mal allein. Mit einem eigentümlichen Gefühl von Freiheit und Abenteuerlust drang ich bis zum Kamm vor.

Dort fand ich eine Sitzgelegenheit aus einem mir unbekannten gelben Metall, stellenweise von rosafarbenem Rost zerfressen und halb von weichem Moos bedeckt; die Armlehnen waren in Form von Greifenköpfen gegossen und gefeilt. Ich setzte mich, und im Sonnenuntergang des langen Tages genoss ich den weiten Ausblick auf unsere alte Welt. Noch nie hatte ich eine so schöne Aussicht genossen. Die Sonne war bereits hinter dem Horizont versunken, und der Westen bestand aus flammendem

Gold, durchzogen von violetten und purpurnen Querstreifen. Unter mir lag das Tal der Themse, in dem sich der Fluss wie ein Band aus poliertem Stahl dahinschlängelte. Ich habe bereits von den großen Palästen gesprochen, die inmitten der buntlaubigen Pflanzen verstreut standen, einige verfallen, andere noch bewohnt. Hier und da ragte im verwilderten Garten der Erde eine weiße oder silbrige Figur auf, hier und da waren die scharfen Umrisse einer Kuppel oder eines Obelisken zu sehen. Es gab keine Hecken, keine Indizien für Eigentumsrechte, keine Anzeichen von Landwirtschaft; die Erde war ein einziger Garten geworden.

Wie ich mich so umblickte, begann ich die Dinge, die ich gesehen hatte, zu deuten, und so, wie sie sich mir an jenem Abend darstellten, fiel meine Deutung in etwa wie folgt aus (später stellte ich fest, dass ich nur die halbe Wahrheit erfasst oder sogar nur einen flüchtigen Blick auf einen Aspekt der Wahrheit geworfen hatte):

Mir schien, als hätte ich die Menschheit im Niedergang vorgefunden. Der rötliche Sonnenuntergang ließ mich an den Sonnenuntergang der Menschheit denken. Zum ersten Mal wurde mir eine sonderbare Konsequenz jener gesellschaftlichen Anstrengungen bewusst, die wir gegenwärtig unternehmen. Und doch, wenn ich darüber nachdenke, ist es eine logische Konsequenz. Stärke ist das Resultat von Not, Sicherheit hingegen legt Wert auf Schwäche. Unsere Bestrebungen, die Lebensbedingungen zu verbessern – also der wahre zivilisatorische Prozess, der das Leben immer sicherer macht –, hatten sich stetig auf einen Höhepunkt zubewegt. Ein Triumph der geeinten Menschheit über die Natur war auf den anderen gefolgt. Dinge, die heute nur Träumereien sind, waren zu bewusst in Angriff genommenen und vorangetriebenen Projekten geworden. Und was ich hier sah, war die Ernte von alledem!

Im Grunde befinden sich die sanitären Einrichtungen und die Landwirtschaft von heute noch in einem rudimentären Stadium. Die Wissenschaft unserer Zeit ist bisher zwar nur einem Bruchteil der menschlichen Krankheiten zu Leibe gerückt, aber immerhin erweitert sie stetig und beharrlich ihren Tätigkeitsbereich. Unsere Landwirtschaft und unser Gartenbau vernichten zwar hier und da ein Unkraut, kultivieren vielleicht eine Handvoll bekömmlicher Pflanzen und überlassen es am Ende doch den allermeisten, so gut wie möglich miteinander auszukommen. Unsere bevorzugten Pflanzen und Tiere – und wie wenige es sind! – verbessern wir nach und nach durch selektive Zucht: bald ein neuer und wohlschmeckenderer Pfirsich, bald eine kernlose Traube, bald eine größere und süßer duftende Blume, bald eine geeignetere Rinderrasse. Wir verbessern sie nur allmählich, denn unsere Ideale sind unbestimmt und vorläufig und unser Wissen sehr begrenzt. In unseren ungeschickten Händen ist auch die Natur schüchtern und langsam. Eines Tages wird all das besser organisiert sein, und dann noch besser. Das ist die Richtung der Strömung, ungeachtet der Strudel. Die ganze Welt wird intelligent und gebildet sein und an einem Strang ziehen, und die Dinge werden die Natur immer schneller unterwerfen. Schließlich werden wir das Gleichgewicht tierischen und pflanzlichen Lebens so klug und umsichtig austarieren, dass es unseren menschlichen Bedürfnissen entspricht.

Dieses Austarieren, sage ich, musste in der Zeitspanne vorgenommen worden sein, die meine Maschine überwunden hatte, und zwar erfolgreich, ja für alle Zeiten. Die Luft war frei von Mücken, die Erde frei von Unkraut oder Pilzen; allerorten gab es Früchte und herrlich süßduftende Blumen, schillernde Schmetterlinge flogen hierhin und dorthin. Das Ideal der Präventivmedizin war erreicht. Krankheiten waren ausgerottet. Während meines gesamten Aufenthalts sah ich keine Hinweise auf irgendwelche ansteckenden Krankheiten. Und später werde ich Ihnen berichten müssen, dass von diesen Veränderungen selbst Verfalls- und Verwesungsprozesse tiefgreifend beeinflusst wurden.

Auch soziale Erfolge hatte man erzielt. Ich sah, dass die Menschen in stattlichen Unterkünften wohnten und prächtig gekleidet waren, dabei hatte ich sie bislang noch nicht bei mühevoller Arbeit angetroffen. Es gab keinerlei Hinweise auf Kampf, weder gesellschaftlichen noch wirtschaftlichen. Geschäfte, Werbung, Verkehr – jeglicher Kommerz, der doch den Hauptteil unserer Welt ausmacht, war verschwunden. An jenem goldenen Abend war es nur natürlich, dass ich zu dem Schluss gelangte, es mit einem Sozialparadies zu tun zu haben. Das Problem des Bevölkerungswachstums war gelöst, so vermutete ich; die Bevölkerung hatte aufgehört zu wachsen.

Eine Veränderung der Lebensbedingungen hat jedoch zwangsläufig Anpassungen an diese Veränderung zur Folge. Was ist der Grund für menschliche Intelligenz und Lebenskraft, sofern nicht die biologische Wissenschaft aus einer Ansammlung von Irrtümern besteht? Not und Freiheit: Bedingungen, unter denen die Tüchtigen, die Starken und die Scharfsinnigen überleben und die Schwächeren untergehen. Es sind Bedingungen, die dem loyalen Zusammenschluss tätiger Menschen, Selbstbeherrschung, Geduld und Entschlossenheit Priorität einräumen. Die Institution der Familie und die Gefühle, die in ihr aufkommen: heftige Eifersucht, Zärtlichkeit für die Nachkommen, elterliche Hingabe – sie alle fanden ihre Rechtfertigung und ihren Rückhalt in den Gefahren, die den Jungen drohten. Wo sind diese drohenden Gefahren *jetzt*? Es entsteht ein Vorbehalt, und der wird wachsen, ein Vorbehalt gegen eheliche Eifersucht, gegen glühende Mutterschaft, gegen Leidenschaften jedweder Art. Sie alle sind nicht länger erforderlich, bereiten uns Unbehagen – primitive Überbleibsel und Zwistigkeiten in einem kultivierten Leben voller Annehmlichkeiten.

Ich musste an den schmächtigen Körperbau der Leute denken, an ihre mangelnde Intelligenz und die großen verlassenen Ruinen, und das bestärkte mich in dem Glauben an die vollständige Eroberung der Natur. Denn nach dem Kampf tritt Stille ein.

Die Menschheit war stark, energisch und intelligent gewesen und hatte ihre ganze überreiche Kraft eingesetzt, um ihre Lebensbedingungen zu verändern. Und nun folgte die Reaktion auf die veränderten Bedingungen.

Unter den neuen Bedingungen vollkommener Annehmlichkeit und Sicherheit musste die rastlose Energie, die bei uns Stärke ausmacht, zu Schwäche werden. Selbst in unserer Zeit sind ja gewisse Neigungen und Wünsche, einst notwendig zum Überleben, eine ständige Quelle des Scheiterns. Für einen zivilisierten Menschen sind zum Beispiel körperlicher Mut und Kampfeslust keine große Hilfe – vielleicht sogar ein Hindernis. Und in einem Zustand körperlicher Ausgeglichenheit und Sicherheit wäre Kraft, geistige wie physische, fehl am Platz. Seit unzähligen Jahren, so urteilte ich, hatte es keine Gefahr durch Kriege oder vereinzelte Gewalttaten mehr gegeben, keine Gefahr durch wilde Tiere, keine zehrende Krankheit, die starke Widerstandskraft erfordert hätte, keine Notwendigkeit, hart zu arbeiten. Für ein solches Leben sind jene, die wir die Schwachen nennen, ebenso gut gerüstet wie die Starken, sie sind in der Tat nicht länger schwach. Sie sind sogar besser gerüstet, denn die Starken quält ein Tatendrang, für den es kein Ventil mehr gibt. Zweifellos war die exquisite Schönheit der Gebäude, die ich sah, das Ergebnis eines letzten Sich-Aufbäumens der mittlerweile ziellosen Tatkraft der Menschheit, bevor sie sich an die vollkommene Harmonie mit den Bedingungen, unter denen sie lebte, gewöhnt hatte – die Blüte jenes Triumphs, mit dem der letzte große Friede begann. Das war seit jeher das Schicksal von Tatkraft, die in Sicherheit lebt: Sie wendet sich der Kunst und der Erotik zu, und es kommt zu Apathie und Verfall.

Schließlich schwindet selbst dieser künstlerische Antrieb – in der Zeit, die ich erlebte, war er fast ganz geschwunden. Sich mit Blumen zu schmücken, zu tanzen, im Sonnenlicht zu singen – so viel war vom künstlerischen Geist geblieben, mehr aber auch nicht. Selbst dies wenige würde am Ende zu selbstzufriedener

Untätigkeit verblassen. Wir werden auf dem Schleifstein des Schmerzes und der Not geschärft, und mir schien, dass der verhasste Schleifstein endlich zerbrochen war!

Wie ich so in der zunehmenden Dunkelheit dastand, glaubte ich, mit dieser einfachen Erklärung das Problem dieser Welt gelöst, das ganze Geheimnis dieser wundersamen Menschen enthüllt zu haben. Möglicherweise waren die Kontrollmaßnahmen, die sie für das Bevölkerungswachstum ersonnen hatten, zu erfolgreich gewesen, und ihre Zahl hatte sich verringert, statt stabil zu bleiben. Dies war die Erklärung für die verlassenen Ruinen. So einfach und plausibel war meine Erklärung – wie es irrige Theorien meistens sind!

VII

Ein jäher Schock

Wie ich so dastand und über diesen allzu perfekten Triumph des Menschen nachdachte, ging aus einer Flut silbrigen Lichts im Nordosten ein gelber Dreiviertelmond auf. Die hellen kleinen Gestalten unter mir bewegten sich nicht länger umher; lautlos huschte eine Eule vorbei, und mich schauderte es in der Kälte der Nacht. Ich beschloss, hinabzusteigen und mir einen Schlafplatz zu suchen.

Ich hielt Ausschau nach dem Gebäude, das ich bereits kannte. Dann wanderte mein Blick zu der Gestalt der Weißen Sphinx auf dem bronzenen Sockel, die sich im helleren Schein des aufgehenden Mondes immer deutlicher abzeichnete. Auch die Sandbirke konnte ich sehen. Hier das Rhododendrondickicht, dunkel im fahlen Licht, dort das kleine Rasenstück. Wieder blickte ich zu dem Rasenstück. Ein seltsamer Verdacht erschütterte meine Selbstgefälligkeit. ›Nein‹, sagte ich mir entschieden, ›das kann der Rasen nicht sein.‹

Aber es *war* der Rasen. Denn das bleiche, aussätzige Antlitz der Sphinx war ihm zugewandt. Können Sie sich vorstellen, was ich empfand, als mir der Sachverhalt klar wurde? Nein, das können Sie nicht. Die Zeitmaschine war verschwunden!

Sofort kam mir, wie ein Schlag ins Gesicht, die Möglichkeit in den Sinn, meiner eigenen Epoche verlorenzugehen, hilflos in dieser fremden neuen Welt zurückbleiben zu müssen. Der bloße Gedanke war eine geradezu körperliche Empfindung. Ich spürte, wie er mich an der Kehle packte und mir den Atem nahm. Im nächsten Moment rannte ich in einem Anfall von Angst mit großen Sätzen den Abhang hinunter. Einmal fiel ich kopfüber und zerschnitt mir das Gesicht; ich verlor keine Zeit damit, das Blut zu stillen, sondern sprang auf und rannte weiter, und ein warmes Rinnsal lief mir über Wange und Kinn. Während ich rannte, sagte ich mir immer wieder: ›Sie haben sie nur ein wenig verrückt, sie ins Gebüsch geschoben, damit sie nicht im Weg steht.‹ Dennoch rannte ich nach Leibeskräften. Mit jener Gewissheit, die zuweilen mit übermäßiger Angst einhergeht, wusste ich, dass meine Selbstberuhigung töricht war, wusste instinktiv, dass die Maschine außer Reichweite geschafft worden war. Ich hatte Schmerzen beim Atmen. Ich schätze, dass ich die ganze Strecke vom Hügelkamm bis zu dem kleinen Rasenstück, vielleicht drei Kilometer, in zehn Minuten zurücklegte. Und ich bin kein junger Mann mehr. Während ich rannte, verfluchte ich laut meinen gutgläubigen Leichtsinn, in dem ich die Maschine zurückgelassen hatte, und verschwendete so wertvolle Atemluft. Ich schrie mir die Kehle aus dem Hals, doch niemand antwortete. Kein einziges Wesen schien sich zu rühren in dieser mondbeschienenen Welt.

Als ich den Rasen erreichte, fand ich meine schlimmsten Befürchtungen bestätigt. Von dem Ding keine Spur! Mir wurde schwach und kalt, als ich mich der leeren Fläche zwischen dem dunklen Buschwerk gegenübersah. Wutentbrannt rannte ich im Kreis, als könnte das Ding in irgendeiner Ecke versteckt sein, dann blieb ich abrupt stehen und raufte mir die Haare. Im Licht des aufgehenden Mondes ragte die Sphinx auf ihrem Bronzesockel über mir auf, weiß, leuchtend, aussätzig. Über meine Bestürzung schien sie spöttisch zu lächeln.

Wäre ich nicht überzeugt gewesen von der körperlichen und geistigen Unzulänglichkeit der kleinen Leute, ich hätte mich mit dem Gedanken trösten können, dass sie den Apparat nur untergestellt hatten. Das war es, was mich bestürzte: das Gefühl einer bis dahin ungeahnten Macht, durch deren Eingreifen meine Erfindung verschwunden war. In einem Punkt aber war ich mir sicher: Sofern nicht eine andere Epoche ein exaktes Duplikat hergestellt hatte, konnte sich die Maschine nicht durch die Zeit bewegt haben. Die Entfernung der Hebel – ich werde Ihnen die Methode später zeigen – verhinderte, dass sich irgendjemand auf diese Weise an ihr zu schaffen machte. Sie hatte sich bewegt und war versteckt, jedoch nur in der räumlichen Dimension. Wo aber konnte sie dann sein?

Ich musste mich wohl in eine Art Raserei gesteigert haben. Ich weiß noch, wie ich zwischen den mondbeschienenen Büschen rund um die Sphinx ungestüm hin und her rannte und ein weißes Tier aufschreckte, das ich im schwachen Licht für ein kleines Reh hielt. Und ich weiß noch, wie ich spät in der Nacht mit geballten Fäusten auf das Gebüsch einschlug, bis meine Knöchel von den abgebrochenen Zweigen aufgeschürft waren und bluteten. Dann ging ich vor Seelenpein schluchzend und tobend hinunter zu dem großen Gebäude aus Stein. Der große Saal lag dunkel, still und menschenleer. Auf dem unebenen Boden rutschte ich aus und fiel über einen der Tische aus Malachit, wobei ich mir fast das Schienbein brach. Ich zündete ein Streichholz an und ging weiter, vorbei an den staubigen Vorhängen, von denen ich Ihnen bereits erzählt habe.

Schließlich fand ich einen zweiten großen Saal, der ebenfalls mit Kissen ausgestattet war. Auf diesen schliefen an die zwanzig der kleinen Leute. Zweifellos fanden sie mein neuerliches Erscheinen ziemlich seltsam, als ich plötzlich mit unartikulierten Geräuschen und dem Zischen und Flackern eines Streichholzes aus dem stillen Dunkel hervortrat. Denn Streichhölzer waren ihnen nicht mehr bekannt. ›Wo ist meine Zeitmaschine?‹, brüllte ich los wie ein wütendes Kind, packte sie und schüttelte sie durch. Es dürfte höchst sonderbar auf sie gewirkt haben. Einige lachten, die meisten aber waren zutiefst erschrocken. Als ich sah, wie sie mich umstanden, kam mir in den Sinn, dass ich das Dümmste tat, was ich unter den gegebenen Umständen tun konnte: nämlich zu versuchen, ihnen Angst einzujagen. Denn aus ihrem Verhalten bei Tage hatte ich geschlossen, dass sie auch das Fürchten verlernt hatten.

Mit einem Mal schleuderte ich das Streichholz zu Boden und stolperte durch den großen Speisesaal wieder hinaus in den

Mondschein. Dabei stieß ich einen von ihnen um. Ich vernahm Schreckensschreie und hörte ihre kleinen Füße hin und her patschen. Ich erinnere mich nicht mehr an alles, was ich tat, als der Mond am Himmel heraufkroch. Der Verlust kam so unerwartet – das war es wohl, was mich um den Verstand brachte. Von meiner eigenen Art fühlte ich mich hoffnungslos abgeschnitten – ein fremdes Tier in einer unbekannten Welt. Ich werde wohl gerast, geschrien, Gott und mein Schicksal verwünscht haben. Ich erinnere mich an eine entsetzliche Müdigkeit, als die lange Nacht der Verzweiflung sich hinzog; daran, dass ich an allen möglichen und unmöglichen Orten suchte; daran, dass ich mich durch monderhellte Ruinen tastete und in den schwarzen Schatten seltsame Geschöpfe berührte; und schließlich daran, dass ich mich in der Nähe der Sphinx auf den Boden warf und vor lauter Elend weinte. Selbst die Wut über meine Dummheit, die Maschine zurückgelassen zu haben, war geschwunden, zusammen mit meinen Kräften. Mir blieb nur noch der Kummer. Dann schlief ich ein, und als ich wieder erwachte, war es heller Tag, und auf dem Rasenstück hüpften in Reichweite meines Arms ein paar Spatzen um mich herum.

In der Morgenfrische setzte ich mich auf und versuchte, mir ins Bewusstsein zu rufen, wie ich hierhergekommen war und weshalb ich so tiefe Verlassenheit und Verzweiflung empfand. Dann standen die Dinge deutlicher vor mir. Im klaren, vernünftigen Licht des Tages konnte ich meiner Lage einigermaßen ins Auge sehen. Ich erkannte die wilde Torheit meiner nächtlichen Raserei und konnte mir gut zureden. ›Angenommen, das Schlimmste tritt ein?‹, fragte ich mich. ›Angenommen, die Maschine ist ganz verlorengegangen – vielleicht zerstört? Ich muss ruhig und geduldig sein, die Gepflogenheiten der Leute kennenlernen, mir ein klares Bild von der Art meines Verlustes machen und von der Möglichkeit, an Material und Werkzeug heranzukommen, damit ich mir am Ende vielleicht eine neue bauen kann.‹ Das war meine einzige Hoffnung, eine schwache Hoffnung vielleicht, jedoch besser als Verzweiflung. Immerhin war es ja auch eine schöne und merkwürdige Welt.

Vermutlich war die Maschine aber nur fortgeschafft worden. Dennoch musste ich ruhig und geduldig sein, ihr Versteck ausfindig machen und sie mit Gewalt oder List zurückholen. Und damit raffte ich mich auf und sah mich um, wo ich ein Bad nehmen könnte. Ich fühlte mich müde, steif und von der Reise beschmutzt. Die Frische des Morgens bewirkte, dass es mich nach ebensolcher Frische verlangte. Ich war emotional ausgelaugt. Und ja, während ich so meinem Vorhaben nachging, wunderte ich mich über meine heftigen Gemütsbewegungen in der Nacht zuvor. Sorgfältig prüfte ich den Erdboden um das kleine Rasenstück. Einige Zeit vergeudete ich damit, die kleinen Leute, die vorüberkamen, so gut es ging zu befragen – vergebens. Sie alle verstanden meine Gesten nicht: Einige stellten sich stur, andere hielten das Ganze für einen Scherz und lachten mich aus. Es war die schwierigste Aufgabe der Welt, ihnen nicht in die hübschen, lachenden Gesichter zu schlagen. Ein törichter Impuls, doch der von Angst und blinder Wut gezeugte Teufel in mir ließ sich nur schwer bändigen und war noch immer begierig, meine Bestürzung auszunutzen. Das Rasenstück wusste besseren Rat. Etwa auf halbem Wege zwischen dem Sockel der Sphinx und meinen Fußstapfen, dort, wo ich mich nach meiner Ankunft mit der umgestürzten Maschine abgemüht hatte, stieß ich auf eine eingekerbte Rille. Es fanden sich noch weitere Spuren, die darauf hindeuteten, dass die Maschine entfernt worden war: sonderbar schmale Fußabdrücke, wie sie ein Faultier hinterlassen mochte. Sie lenkten mein genaueres Augenmerk auf den Sockel. Er war, wie ich glaube, bereits gesagt zu haben, aus Bronze. Es handelte sich nicht um einen einfachen Block; vielmehr war er zu beiden Seiten mit gerahmten Wandverkleidungen verziert. Ich ging hin und klopfte sie ab. Der Sockel war hohl. Als ich die Verkleidungen sorgsam untersuchte, stellte sich heraus, dass sie nicht dicht an die Rahmen anschlossen. Zwar gab es weder Griffe noch

Schlüssellöcher – falls es sich jedoch, wie ich annahm, um Türen handelte, ließen sich die Wandverkleidungen möglicherweise von innen öffnen. Eines war mir jedenfalls völlig klar. Es bedurfte ja auch keiner großen geistigen Anstrengung, um zu schlussfolgern, dass sich meine Zeitmaschine im Innern des Sockels befand. Aber wie sie dorthin gelangt war, das war eine andere Frage.

Durch die Sträucher und unter blütenbedeckten Apfelbäumen sah ich zwei orangefarben gekleidete Leute auf mich zukommen. Lächelnd drehte ich mich zu ihnen um und winkte sie herbei. Sie kamen auch, und indem ich auf den Bronzesockel wies, versuchte ich ihnen zu bedeuten, dass ich ihn öffnen wollte. Doch schon bei meiner ersten Geste verhielten sie sich höchst sonderbar. Ich weiß nicht, wie ich ihren Gesichtsausdruck beschreiben soll. Angenommen, Sie zeigen einer zartbesaiteten Frau eine grob unanständige Geste – sie hätte genau diesen Blick. Sie gingen davon, als wäre ihnen die schändlichsten Beleidigungen zuteilgeworden. Als Nächstes versuchte ich es mit einem niedlich aussehenden kleinen Kerl in Weiß, mit genau demselben Ergebnis. Angesichts seiner Reaktion schämte ich mich irgendwie. Aber wie Sie wissen, wollte ich meine Zeitmaschine wiederhaben, und so versuchte ich es noch einmal. Als er sich wie die anderen abwandte, gewann mein Zorn die Oberhand. Mit drei Schritten hatte ich ihn eingeholt, packte ihn am Schlafittchen und zerrte ihn in Richtung Sphinx. Dann sah ich das Entsetzen und den Abscheu in seinem Gesicht und ließ ihn schleunigst los.

Doch noch gab ich mich nicht geschlagen. Mit der Faust hämmerte ich gegen die bronzene Wandverkleidung. Ich glaubte, im Innern ein Geräusch zu hören – um genau zu sein, glaubte ich, ein Kichern zu hören –, aber ich musste mich wohl geirrt haben. Dann besorgte ich mir aus dem Fluss einen großen Stein, ging zurück und hämmerte so lange, bis ich eine Spirale in die Verzierungen gehämmert hatte und sich in pulvrigen Flocken der

Grünspan löste. Die zierlichen kleinen Leute dürften mein stürmisches Hämmern ein, zwei Kilometer weit gehört haben, doch es geschah nichts. Auf den Hängen sah ich eine ganz Schar von ihnen; verstohlen schauten sie zu mir herüber. Erhitzt und erschöpft setzte ich mich schließlich hin, um den Ort im Auge zu behalten. Indessen war ich zu unruhig, um lange zu wachen – für eine ausgedehnte Nachtwache bin ich einfach zu westlich. Ich könnte jahrelang an einem Problem arbeiten, aber vierundzwanzig Stunden lang untätig zu warten – das ist etwas ganz anderes.

Nach einer Weile stand ich auf und begann, ziellos durch das Gebüsch wieder in Richtung des Hügels zu laufen. ›Geduld‹, sagte ich mir. ›Wenn du deine Maschine wiederhaben willst, musst du die Sphinx in Ruhe lassen. Wenn sie dir deine Maschine wegnehmen wollen, nützt es wenig, ihre Bronzetüren zu zerstören, und wenn nicht, bekommst du sie wieder, sobald du darum bitten kannst. Es ist hoffnungslos, inmitten all dieser unbekannten Dinge vor einem solchen Rätsel sitzen zu bleiben. Es wäre Monomanie. Stelle dich dieser Welt. Erlerne ihre Gepflogenheiten, studiere sie, hüte dich vor allzu vorschnellen Vermutungen über ihre Bedeutung. Am Ende wirst du für alles Anhaltspunkte finden.‹ Dann kam mir plötzlich die Komik der Situation in den Sinn: der Gedanke an all die Jahre, die ich mit Studium und mühevoller Arbeit verbracht hatte, um in das künftige Zeitalter hineinzugelangen, und nunmehr meine große Sorge, aus ihm herauszugelangen. Ich hatte mir selbst die vertrackteste und hoffnungsloseste Falle gestellt, die je ein Mensch ersonnen hat. Obwohl es auf meine Kosten ging, konnte ich mir nicht helfen – und musste laut lachen.

Als ich durch den großen Palast ging, hatte ich den Eindruck, dass die kleinen Leute mich mieden. Vielleicht bildete ich es mir ja nur ein, oder es hatte damit zu tun, dass ich an die Bronzetüren gehämmert hatte. Aber ich war mir ziemlich sicher, dass sie mir aus dem Weg gingen. Indes achtete ich darauf, mir meine

Besorgnis nicht anmerken zu lassen und ihnen nicht nachzulaufen, und binnen ein, zwei Tagen normalisierten sich die Dinge wieder. Mit der Sprache machte ich so viele Fortschritte, wie ich konnte, außerdem trieb ich hier und da meine Erkundungen voran. Entweder entgingen mir die Feinheiten, oder ihre Sprache war überaus schlicht – sie bestand fast ausschließlich aus konkreten Substantiven und Verben. Es schien, falls überhaupt, nur wenige abstrakte Begriffe zu geben, und bildhafte Sprache verwendeten sie kaum. In der Regel waren ihre Sätze sehr kurz, bestanden aus gerade mal zwei Wörtern, und ich konnte nur die allereinfachsten Aussagen verstehen oder ausdrücken. Ich beschloss, den Gedanken an meine Zeitmaschine und das Geheimnis der Bronzetüren unter der Sphinx in die hinterste Ecke meines Gedächtnisses zu verbannen, bis mich mein wachsendes Wissen auf natürliche Weise wieder darauf bringen würde. Aber Sie werden verstehen, dass mich ein gewisser Instinkt an einen Radius von wenigen Kilometern um meinen Landeplatz fesselte.

VIII

Erklärung

Soweit ich sehen konnte, wies die Welt überall denselben üppigen Reichtum wie das Tal der Themse auf. Von jedem Hügel, den ich bestieg, sah ich dieselbe Fülle prächtiger Gebäude, unendlich verschieden in Baustoff und Stil, dasselbe Dickicht immergrüner Pflanzen, dieselben Farne und blütenbeladenen Bäume. Hier und dort glänzte das Wasser wie Silber, dahinter stieg das Land zu sanft geschwungenen blauen Hügeln an und verblasste im heiteren Licht des Himmels. Eine Besonderheit, die sogleich meine Aufmerksamkeit erregte, waren kreisrunde Brunnen, einige sehr tief, wie mir schien. Einer der Brunnen lag an dem Pfad, der den Hügel hinaufführte und dem ich bei meinem ersten Spaziergang gefolgt war. Wie die anderen war er mit eigentümlich gearbeiteter Bronze umrandet und durch eine kleine Kuppel vor dem Regen geschützt. Wenn ich neben diesen Brunnen saß und in das tiefe Dunkel hinabspähte, konnte ich weder Wasser schimmern sehen noch den Widerschein meines brennenden Streichholzes erkennen. In allen aber vernahm ich ein bestimmtes Geräusch: ein dumpfes Bumm-Bumm-Bumm wie das Stampfen einer großen Maschine. Und am Flackern der Streichhölzer merkte ich, dass in den Schächten ein beständiger Luftstrom ging. In den Schlund eines dieser Schächte warf ich außerdem ein Stück Papier, und statt langsam hinabzutrudeln, wurde es sofort aus meinem Blickfeld gesogen.

Nach einiger Zeit kam ich darauf, diese Brunnen mit den hohen Türmen in Verbindung zu bringen, die hier und da auf den Hängen standen. Denn in der Luft über ihnen war oft ein Flimmern zu sehen, wie man es an einem heißen Tag über einem sonnenversengten Strand sieht. Ich zählte eins und eins zusammen und vermutete ein ausgedehntes unterirdisches Belüftungssystem, dessen wahre Bedeutung sich mir allerdings nicht recht erschloss. Zunächst war ich geneigt, es mit den sanitären Anlagen dieser Menschen in Zusammenhang zu bringen. Eine naheliegende Schlussfolgerung, aber grundverkehrt.

Und an dieser Stelle muss ich gestehen, dass ich während meiner Zeit in der echten Zukunft sehr wenig über Kanalisationsanlagen, Telegraphen, Beförderungsmittel und ähnliche Annehmlichkeiten in Erfahrung gebracht habe. In einigen Visionen und Utopien kommender Zeiten, die ich gelesen habe, gibt es Unmengen an Details über Gebäude, soziale Einrichtungen und so fort. Während solche Details jedoch leicht zu haben sind, wenn die ganze Welt nur in der Phantasie existiert, sind sie einem wirklichen Reisenden inmitten solcher Realitäten, wie ich sie vorgefunden habe, vollkommen unzugänglich. Stellen Sie sich eine Beschreibung Londons vor, wie sie ein Schwarzer, frisch aus Zentralafrika, seinem Stamm mitbrächte! Was wüsste er von Eisenbahngesellschaften, von sozialen Bewegungen, von Telefon- und Telegraphendrähten, von der Paketpost, von Zahlungsanweisungen und dergleichen? Aber wir sollten doch wenigstens bereit sein, ihm diese Dinge zu erklären! Und wie viel von dem, was er erfahren hat, könnte er seinem ungereisten Freund begreiflich oder glaubhaft machen? Bedenken Sie, wie schmal die Kluft zwischen einem Schwarzen und einem Weißen unserer Zeit ist und wie groß der Abstand zwischen mir und den Menschen des Goldenen Zeitalters! Ich spürte vieles, das mir verborgen blieb und doch zu meinem Komfort beitrug; aber ich fürchte, abgesehen von dem allgemeinen Eindruck einer Gesellschaft, in der alles automatisch organisiert war, kann ich Ihnen die Unterschiede nur in begrenztem Maße vermitteln.

Was zum Beispiel Bestattungen betrifft, so konnte ich weder Krematorien noch Grabmale entdecken. Allerdings kam mir schnell der Gedanke, dass es Friedhöfe (oder Krematorien) außerhalb des Radius meiner Erkundungen geben mochte. Auch dies war eine Frage, die ich mir bewusst stellte, und zunächst blieb meine Neugier in dieser Hinsicht unbefriedigt. Die Sache verwirrte mich, und schließlich machte ich eine weitere Beobachtung, die mich noch mehr verwirrte: Unter diesen Leuten waren keine Alten und keine Kranken zu finden.

Ich muss gestehen, dass die Zufriedenheit mit meinen anfänglichen Theorien über automatische Zivilisation und dekadente Menschheit nicht lange vorhielt. Andere fielen mir jedoch nicht ein. Ich will Ihnen meine Schwierigkeiten darlegen. Die großen Paläste, die ich erforscht hatte, dienten lediglich als Wohnraum, als weite Speisesäle und Schlafgemächer. Ich konnte weder Maschinen noch Geräte irgendwelcher Art entdecken. Und doch waren diese Menschen in angenehme Stoffe gekleidet, die von Zeit zu Zeit erneuert werden mussten, und ihre Sandalen, obgleich schmucklos, bestanden aus kunstvoll gearbeitetem Metall. Derartige Dinge mussten doch hergestellt werden! Dabei verrieten die kleinen Leute keinerlei schöpferischen Drang. Es gab keine Geschäfte, keine Werkstätten, keine Hinweise auf Wareneinfuhren. Ihre ganze Zeit verbrachten sie damit, sanft zu spielen, im Fluss zu baden, einander halb scherzend zu umwerben, Obst zu essen und zu schlafen. Ich konnte nicht herausbekommen, wie die Dinge in Schwung gehalten wurden.

Noch einmal zur Zeitmaschine. Etwas, ich wusste nicht, was, hatte sie in den hohlen Sockel der Weißen Sphinx geschafft. Aber *warum*? Das konnte ich mir beim besten Willen nicht erklären. Und die wasserlosen Brunnen, die flimmernden Türme! Ich spürte, dass mir ein konkreter Anhaltspunkt fehlte. Ich fühlte mich – wie soll ich es ausdrücken? Angenommen, Sie fänden eine Inschrift mit Sätzen in ausgezeichnetem Englisch, und eingeschoben wären andere Sätze, die aus Wörtern, ja aus Buchstaben bestünden, die Ihnen völlig unbekannt sind. Nun, so stellte sich mir am dritten Tag meines Besuches die Welt des Jahres 802 701 dar!

An diesem Tag schloss ich auch eine Freundschaft – eine Art Freundschaft. Als ich einigen der kleinen Leute an einer seichten

Stelle beim Baden zusah, geschah es, dass einer von ihnen offenbar einen Krampf bekam und stromabwärts zu treiben begann. Die Strömung war zwar ziemlich schnell, doch selbst für einen mäßigen Schwimmer durchaus zu bewältigen. Sie werden also eine Vorstellung von der seltsamen Unzulänglichkeit dieser Geschöpfe bekommen, wenn ich Ihnen sage, dass niemand auch nur den geringsten Versuch unternahm, das schwach schreiende kleine Wesen zu retten, das vor ihren Augen zu ertrinken drohte. Kaum hatte ich den Vorfall bemerkt, streifte ich eilends meine Kleider ab, watete an einem Punkt weiter unten ins Wasser, fing das arme Menschlein auf und zog es sicher an Land. Es war ein Mädchen. Eine leichte Massage der Gliedmaßen brachte sie bald wieder zu sich. Zu meiner Zufriedenheit stellte ich fest, dass sie keinen Schaden genommen hatte, und so verließ ich sie. Ich hatte eine so geringe Meinung von ihrem Völkchen, dass ich keine Dankbarkeit erwartete. Doch das war ein Irrtum.

Der Vorfall hatte sich am Morgen ereignet. Als ich am Nachmittag von einer Erkundung zu meinem Ausgangspunkt zurückkehrte, begegnete ich derselben kleinen Frau (denn für eine solche hielt ich sie jetzt), und sie empfing mich mit Freudenrufen und überreichte mir eine große Blumengirlande – offensichtlich einzig und allein für mich gebunden. Die Geste berührte mich zutiefst. Höchstwahrscheinlich hatte ich mich sehr einsam gefühlt. Jedenfalls tat ich mein Bestes, meine Wertschätzung für das Geschenk zum Ausdruck zu bringen. Bald saßen wir zusammen in einer kleinen steinernen Gartenlaube und vertieften uns in ein Gespräch, das vor allem aus Lächeln bestand. Die Freundlichkeit des Geschöpfs rührte mich wie die eines Kindes. Wir überreichten einander Blumen, und sie küsste meine Hände. Das Gleiche tat ich bei ihr. Dann versuchte ich zu sprechen und fand heraus, dass sie Weena hieß, was mir ein passender Name zu sein schien, obwohl ich nicht weiß, was er bedeutet. Es war der Beginn einer merkwürdigen Freundschaft. Sie dauerte eine Woche und endete – ich werde Ihnen noch davon berichten!

Sie war wie ein Kind. Ständig wollte sie bei mir sein. Sie versuchte, mir überallhin zu folgen, und bei meinem nächsten Ausflug ging mir zu Herzen, dass ich sie stark ermüdete und zuletzt erschöpft zurücklassen musste. Sie rief nach mir in klagenden Tönen. Doch die Herausforderungen der Welt mussten gemeistert werden. Schließlich, sagte ich mir, war ich nicht in die Zukunft gereist, um eine kleine Liebelei zu beginnen. Immer wenn ich sie zurückließ, war ihr Kummer sehr groß, beim Abschied protestierte sie mitunter verzweifelt, und ich glaube, alles in allem bereitete mir ihre Anhänglichkeit ebenso viel Ungemach wie Wohlgefühl. Dennoch, irgendwie war sie mir ein großer Trost. Ich glaubte, ihr Nähebedürfnis rührte nur von kindlicher Zuneigung. Ich wusste nie genau, was ich ihr antat, wenn ich sie verließ, bis es zu spät war. Ich verstand auch nicht, was sie mir bedeutete, bis es zu spät war. Denn dadurch, dass sie mich zu mögen schien und auf ihre schwache, vergebliche Art zeigte, dass ich ihr wichtig war, gab mir dieses Püppchen von einem Geschöpf bei meiner Rückkehr in die Umgebung der Weißen Sphinx fast das Gefühl von Heimkehr. Und so hielt ich stets Ausschau nach ihrer winzigen Gestalt in Weiß und Gold, sobald ich über den Hügel kam.

Auch lernte ich von ihr, dass das Fürchten noch nicht ganz aus der Welt war. Bei Tageslicht war sie furchtlos genug, und zu mir fasste sie das sonderbarste Zutrauen. Denn einmal, in einem Anfall von Dummheit, schnitt ich ihr drohende Grimassen, und sie lachte nur darüber. Aber sie ängstigte sich vor der Dunkelheit, ängstigte sich vor Schatten, ängstigte sich vor schwarzen Dingen. Dunkelheit war für sie der einzige Schrecken. Es war ein ganz und gar überwältigendes Gefühl. Es brachte mich zum Nachdenken, und ich stellte weitere Beobachtungen an. Unter anderem fand ich heraus, dass sich die kleinen Leute nach Einbruch der Dunkelheit in den großen Häusern versammelten und in Gruppen schliefen. Trat man ohne Licht ein, gerieten sie in größte Unruhe und Angst. Nie begegnete ich nach dem Dunkelwerden einem von ihnen im Freien oder einem allein im Haus schlafenden Menschen. Aber ich war nach wie vor ein solcher Dummkopf, dass ich keine Lehre aus dieser Angst zog, und trotz Weenas Kummer bestand ich darauf, nicht in der Nähe dieser schlummernden Menschenmassen zu nächtigen.

Es beunruhigte sie sehr, am Ende aber obsiegte ihre seltsame Zuneigung zu mir, und in fünf der Nächte unserer Bekanntschaft, einschließlich der letzten, schlief sie bei mir, den Kopf auf meinen Arm gebettet. Doch wenn ich von ihr erzähle, droht mir meine Geschichte zu entgleiten. Es muss in der Nacht vor ihrer Rettung gewesen sein, dass ich gegen Tagesanbruch erwachte. Ich hatte einen unruhigen Schlaf gehabt und höchst unangenehm geträumt, ich sei ertrunken und Seeanemonen hätten mir mit ihren weichen Tentakeln übers Gesicht gestrichen. Erschrocken fuhr ich auf und bildete mir ein, soeben sei irgendein graues Tier aus der Kammer gehuscht. Ich versuchte, wieder einzuschlafen, fühlte mich jedoch unruhig und unbehaglich. Es war jene trübe, graue Stunde, wenn Dinge aus dem Dunkel kriechen, wenn alles farblos, klar umrissen und doch unwirklich ist. Ich stand auf, ging nach unten in den großen Saal und trat auf die Steinplatten vor dem Palast. Ich nahm mir vor, aus der Not eine Tugend zu machen und den Sonnenaufgang zu betrachten.

Der Mond ging unter, der nachlassende Mondschein und die erste Blässe der Morgendämmerung vermengten sich zu einem gespenstischen Zwielicht. Die Sträucher waren tintenschwarz, der Erdboden ein düsteres Grau, der Himmel bleich und trostlos. Oben auf dem Hügel glaubte ich, Geister zu sehen. Als ich den Hang absuchte, erblickte ich gleich dreimal hintereinander weiße Gestalten. Zweimal glaubte ich, ein einzelnes affenartiges weißes Wesen ausmachen zu können, das schnell den Hügel hinauflief, und einmal nahm ich in der Nähe der Ruinen eine Dreiergruppe wahr, die einen dunklen Körper trug. Die drei bewegten sich hastig. Was aus ihnen wurde, konnte ich nicht erkennen. Es hatte den Anschein, als seien sie im Gebüsch verschwunden. Sie müssen verstehen – in der Morgendämmerung wirkte alles noch sehr verschwommen. Ich hatte jenes kühle, unbestimmte frühmorgendliche Gefühl, das Ihnen vielleicht nicht fremd ist. Ich misstraute meinen Augen.

Als der Himmel im Osten heller wurde, als das Tageslicht kam und seine lebhaften Farben in die Welt zurückkehrten, betrachtete ich aufmerksam die Aussicht. Von meinen weißen Gestalten keine Spur. Sie waren Geschöpfe des Zwielichts. ›Es müssen Geister gewesen sein‹, sagte ich, ›ich frage mich, aus welcher Zeit sie stammen.‹ Denn mir kam ein seltsamer Gedanke von Grant Allen in den Sinn, der mich amüsierte. Wenn jede Generation stirbt und Geister hinterlässt, so argumentierte er, wird die Welt schließlich von ihnen übervölkert sein. Gemäß dieser Theorie gab es nach rund achthunderttausend Jahren unzählige von ihnen, und es wäre kein großes Wunder, vier auf einmal zu sehen. Aber der Scherz war unbefriedigend, und ich musste den ganzen Vormittag an diese Gestalten denken, bis Weenas Rettung sie aus meinem Kopf vertrieb. Auf unbestimmte Weise assoziierte ich sie mit dem weißen Tier, das ich bei meiner ersten wütenden Suche nach der Zeitmaschine aufgeschreckt hatte. Indes war Weena ein angenehmer Ersatz. Dennoch sollten die Gestalten bald viel tödlicheren Besitz von mir ergreifen.

Ich glaube, ich habe bereits gesagt, dass das Wetter im Goldenen Zeitalter viel wärmer war als das unsrige. Ich kann es mir nicht erklären. Vielleicht brannte die Sonne heißer, oder die Erde befand sich näher an der Sonne. Gemeinhin wird angenommen, dass die Sonne sich in Zukunft stetig abkühlen wird. Menschen, die mit Spekulationen wie denen des jüngeren Darwin nicht vertraut sind, vergessen, dass letztendlich die Planeten einer nach dem anderen in den Mutterkörper zurückfallen müssen. Wenn diese Katastrophen eintreten, wird die Sonne mit neuer Energie erstrahlen, und es mag sein, dass ein innerer Planet dieses Schicksal erlitten hatte. Was immer der Grund sein mag, es bleibt die Tatsache, dass die Sonne um ein Vielfaches heißer war, als wir sie kennen.

Nun, an einem sehr heißen Morgen – ich glaube, es war mein vierter –, als ich in einer gewaltigen Ruine in der Nähe des großen Hauses, darin ich schlief und aß, Zuflucht vor der Hitze und dem grellen Licht suchte, geschah etwas Merkwürdiges. Als ich in dem Mauerwerk umherkletterte, stieß ich auf eine schmale Galerie, deren End- und Seitenfenster durch eingestürzte Steinmassen blockiert waren. Im Gegensatz zu der Helligkeit draußen kam sie mir zunächst undurchdringlich finster vor. Ich betrat sie tastend, denn der jähe Wechsel von Licht und Dunkelheit ließ Farbflecken vor meinen Augen tanzen. Plötzlich blieb ich wie gebannt stehen. Aus dem Dunkel beobachtete mich ein Augenpaar, welches das Tageslicht von draußen reflektierte.

Es überfiel mich die alte instinktive Furcht vor wilden Tieren. Ich ballte die Fäuste und blickte unverwandt in die leuchtenden Augäpfel. Ich hatte Angst, kehrtzumachen. Dann kam mir wieder die vollkommene Sicherheit in den Sinn, in der die Menschheit zu leben schien. Und schließlich fiel mir ihr sonderbares Grauen vor der Dunkelheit ein. Ich überwand meine Angst einigermaßen, trat einen Schritt vor und sprach. Ich muss gestehen, dass meine Stimme harsch und unbeherrscht klang. Ich streckte meine Hand aus und berührte etwas Weiches. Sofort glitten die Augen zur Seite, und etwas Weißes rannte an mir vorbei. Das Herz schlug mir bis zum Hals. Als ich mich umdrehte, sah ich eine seltsam affenähnliche kleine Gestalt, die mit eigentümlich gesenktem Kopf über die sonnenbeschienene Fläche hinter mir lief. Sie stolperte gegen einen Granitblock, taumelte zur Seite und wurde im nächsten Moment von einem schwarzen Schatten unter einem anderen Trümmerhaufen verschluckt.

Natürlich war mein Eindruck von dem Wesen unvollständig. Aber ich weiß, dass es von mattweißer Farbe war und seltsame große, graurote Augen hatte, außerdem wuchs ihm auf Kopf und Rücken flachsblondes Haar. Nur wie gesagt, es rannte zu schnell, als dass ich es deutlicher hätte erkennen können. Ich kann nicht einmal sagen, ob es auf allen vieren lief oder nur auf seinen sehr niedrig gehaltenen Vorderläufen. Nach einem Augenblick des Innehaltens folgte ich ihm in den zweiten Trümmerhaufen. Zuerst konnte ich es nicht finden, aber nach einer Weile stieß ich in der tiefen Dunkelheit auf eine jener runden, brunnenähnlichen Öffnungen, von denen ich Ihnen erzählt habe, halb verschüttet von einer umgestürzten Säule. Plötzlich kam mir ein Gedanke. Könnte dieses Ding durch den Schacht verschwunden sein? Ich entzündete ein Streichholz, und als ich hinunterblickte, sah ich ein kleines weißes Wesen mit großen, leuchtenden Augen, das mich unentwegt ansah, während es vor mir zurückwich. Ein Schauder lief mir über den Rücken. Es war einer menschlichen Spinne so ähnlich! Es kletterte die Wand hinunter, und jetzt nahm ich zum ersten Mal eine Reihe metallener Fuß- und Handstützen wahr, eine Art Leiter zum Boden des Schachts. Dann verbrannte mir das Streichholz die Finger und glitt mir aus der Hand. Im Fallen erlosch es, und als ich ein neues anriss, war die kleine Missgeburt verschwunden.

Ich weiß nicht, wie lange ich dort saß und in den Brunnen hinabspähte. Erst nach einiger Zeit konnte ich mich zu dem Gedanken durchringen, dass das Ding, das ich gesehen hatte, ein Mensch war. Und allmählich dämmerte mir die Wahrheit: dass die Menschheit nicht eine Gattung geblieben war, sondern sich zu zwei unterschiedlichen Tierarten entwickelt hatte. Die anmutigen Kinder der Oberwelt waren also nicht die einzigen Nachkömmlinge unseres Geschlechts, sondern auch dieses ausgebleichte, obszöne nächtliche Wesen, das vor mir davongehuscht war – Erbe war es aller Zeiten.

Ich musste an die flimmernden Türme und an meine Theorie eines unterirdischen Belüftungssystems denken. Nun begann ich, ihre wahre Bedeutung zu erahnen. Und was, so fragte ich mich, hatte dieser Lemur in meinem Entwurf einer perfekt ausbalancierten Organisation der Gesellschaft zu suchen? Was hatte er mit der trägen Gelassenheit der schönen Oberirdischen zu tun? Und was war dort unten, am Fuße des Schachts, verborgen? Ich setzte mich auf den Rand des Brunnens und sagte mir, dass es jedenfalls nichts zu befürchten gab und ich zur Lösung meiner Probleme in ihn hinabsteigen musste. Zugleich hatte ich große Angst davor! Während ich noch zögerte, kamen zwei der schönen Oberwelt-Menschen in ihrem Liebesspiel aus dem Tageslicht ins Dunkel gerannt. Der Mann verfolgte die Frau und bewarf sie im Laufen mit Blumen.

Sie schienen beunruhigt davon, wie ich so mit dem Arm gegen die umgestürzte Säule lehnte und in den Brunnen hinabstarrte. Offenbar galt es als unhöflich, die Öffnungen zu erwähnen, denn als ich auf die betreffende zeigte und versuchte, in ihrer Sprache eine Frage dazu zu stellen, waren sie sichtlich bestürzt und wandten sich ab. An meinen Streichhölzern jedoch waren sie interessiert, und um sie zu belustigen, zündete ich einige davon an. Ich versuchte es noch einmal mit dem Brunnen, und wieder scheiterte ich. So verließ ich sie bald und wollte zu Weena zurückkehren, um zu sehen, was ich von ihr erfahren könnte. Doch mein Verstand war bereits in Aufruhr; meine Mutmaßungen, meine Eindrücke mussten den neuen Gegebenheiten angepasst werden. Inzwischen hatte ich einen Hinweis auf die Bedeutung der Brunnen, auf die Belüftungstürme, auf das Rätsel um die Geister; ganz zu schweigen von dem Hinweis auf die Bedeutung der Bronzetüren und das Schicksal meiner Zeitmaschine! Und ganz vage deutete sich eine Lösung der wirtschaftlichen Problematik an, die mich so verwirrt hatte.

Hier meine neue Sichtweise: Offensichtlich lebte die zweite Gattung Mensch unter der Erde. Es waren vor allem drei Umstände, die mich zu der Annahme bewogen, dass ihr seltenes Auftauchen über der Erde das Ergebnis einer lange andauernden unterirdischen Lebensweise war. Zunächst einmal war da das ausgebleichte Aussehen, das den meisten Tieren gemeinsam ist, die überwiegend im Dunkeln leben – etwa den farblosen Fischen in der Mammut-Höhle von Kentucky. Zum anderen sind die großen Augen mit ihrer Fähigkeit, Licht zu reflektieren, ein typisches Merkmal nachtaktiver Tiere – denken Sie an Eulen und Katzen. Und schließlich die offensichtliche Verwirrung im Sonnenlicht, die hastige, aber unbeholfen tastende Flucht in den dunklen Schatten und die eigentümliche Kopfhaltung bei Licht – all das bekräftigte meine Theorie einer extremen Empfindlichkeit der Netzhaut.

Die Erde unter meinen Füßen musste also gewaltig untertunnelt sein, und diese Untertunnelungen waren der Lebensraum der neuen Gattung. Das Vorhandensein der Belüftungsschächte und der Brunnen an den Hügelhängen – eigentlich überall, außer im Flusstal – zeugte davon, wie verzweigt die Tunnel waren. Was also lag näher als die Vermutung, dass in dieser künstlichen Unterwelt all jene Arbeiten ausgeführt wurden, die für das Wohlbefinden der Gattung des Tageslichts erforderlich waren? Der Gedanke war so einleuchtend, dass ich ihn sofort akzeptierte und mich der Frage zuwandte, *wie* es zu dieser Aufspaltung der menschlichen Spezies gekommen war. Ich wage zu behaupten, dass Sie die Umrisse meiner Theorie bereits erahnen, obwohl ich selbst bald spüren sollte, dass sie weit hinter der Wahrheit zurückblieb.

Ausgehend von den Problemen unseres eigenen Zeitalters schien mir zunächst sonnenklar zu sein, dass der Schlüssel zu der ganzen Situation die allmähliche Vergrößerung der bereits bestehenden sozialen Kluft zwischen Kapitalist und Arbeiter war. Das wird Ihnen zweifellos grotesk – und völlig unglaublich! – vorkommen, und doch gibt es schon jetzt Umstände, die in diese Richtung weisen. So besteht etwa die Tendenz, den Raum unter der Erde für die weniger dekorativen Zwecke der Zivilisation zu nutzen: Es gibt zum Beispiel die Metropolitan Railway in London, es gibt neue elektrische U-Bahnen, Fußgängerunterführungen, unterirdische Werkstätten und Restaurants, und sie wachsen und mehren sich. Offensichtlich, dachte ich, hatte sich diese Tendenz so lange fortgesetzt, bis die Industrie ihr Geburtsrecht auf den Himmel verwirkte. Ich meine, dass sie sich immer tiefer in immer größere unterirdische Fabriken zurückzog und die Arbeiter dort immer mehr Zeit verbrachten, bis sie am Ende –! Lebt ein Arbeiter im Londoner East End nicht heute schon unter so künstlichen Bedingungen, dass er von der natürlichen Oberfläche der Erde so gut wie abgeschnitten ist?

Die Tendenz reicherer Leute zu Exklusivität wiederum – zweifellos der zunehmenden Verfeinerung ihrer Bildung und der wachsenden Kluft zwischen ihnen und der rohen Gewalt der Armen geschuldet – führt schon jetzt dazu, dass beträchtliche Teile der Landfläche in ihrem Interesse abgesperrt werden. Zum Beispiel ist die Hälfte der schöneren Landschaften um London gegen Eindringlinge geschützt. Und dieselbe wachsende Kluft – die sich aus der Dauer und den Kosten dieser höheren Bildung und den zunehmenden Möglichkeiten und Verlockungen kultivierter Gewohnheiten aufseiten der Reichen ergibt – wird dazu führen, dass der Austausch zwischen den Klassen und der Aufstieg durch Heirat, die die Aufspaltung unserer Spezies entlang sozialer Schichtung derzeit verlangsamen, immer seltener werden. Zuletzt werden Sie über der Erde also die Besitzenden finden, die nach Genuss, Komfort und Schönheit streben, und unter der Erde die Besitzlosen, die Arbeiter, die sich unaufhörlich den Bedingungen ihrer Arbeit anpassen müssen. Sobald sie dort sind, würden sie für die Belüftung ihrer Höhlen zweifellos Miete zahlen müssen, und zwar nicht wenig. Und wenn sie sich weigerten, ließe man sie verhungern oder ersticken aufgrund der Zahlungsrückstände. Die Unglücklichen und Rebellischen unter ihnen gehen zugrunde, und sobald das Gleichgewicht von Dauer ist, werden sich die Überlebenden an die Bedingungen ihres unterirdischen Lebens am Ende ebenso gut angepasst haben wie die Menschen der Oberwelt an die ihren und auf ihre Weise glücklich sein. Wie mir schien, waren verfeinerte Schönheit und verkümmerte Blässe die natürliche Folgen von alledem.

Der große Triumph der Menschheit, von dem ich geträumt hatte, stellte sich meinem Geist nunmehr ganz anders dar. Es war nicht der Triumph moralischer Bildung und allgemeiner Zusammenarbeit, so wie ich ihn mir vorgestellt hatte. Stattdessen sah ich eine echte Aristokratie, gerüstet mit perfektionierter Wissenschaft, die das industrielle System von heute zu einem logischen Schluss geführt hatte. Ihr Triumph war nicht nur ein Triumph über die Natur, sondern ein Triumph über die Natur und den Mitmenschen. Das, muss ich Sie warnen, war meine damalige Theorie. Ich hatte keinen geeigneten Fremdenführer nach dem Muster utopischer Bücher. Meine Erklärung mag völlig falsch sein. Dennoch halte ich sie für die plausibelste. Doch selbst unter dieser Annahme musste die ausbalancierte Zivilisation, die schließlich erreicht worden war, ihren Zenit längst überschritten haben und im Verfall begriffen gewesen sein. Die allzu vollkommene Sicherheit der Oberirdischen hatte zu einer allmählichen Degeneration geführt, zu einem allgemeinen Schwinden von Größe, Kraft und Intelligenz. Das konnte ich bereits deutlich genug wahrnehmen. Was mit den Unterirdischen geschehen war, ahnte ich noch nicht; doch nach allem, was ich von den Morlocks – dies übrigens der Name, den man diesen Kreaturen gab – gesehen hatte, konnte ich mir vorstellen, dass die Veränderung des Menschentypus bei ihnen noch tiefgreifender war als bei den ›Eloi‹, jener schönen Gattung, die ich bereits kannte.

Dann kamen mir beunruhigende Zweifel. Weshalb hatten die Morlocks meine Zeitmaschine gestohlen? Denn ich war mir sicher, dass sie es waren, die sie gestohlen hatten. Und weshalb konnten die Eloi, die doch die Herren waren, mir die Maschine nicht zurückgeben? Und weshalb hatten sie so entsetzliche Angst vor der Dunkelheit? Wie gesagt, ich schickte mich an, Weena nach dieser Unterwelt zu befragen, wurde aber auch hier enttäuscht. Zuerst wollte sie meine Fragen nicht verstehen, dann weigerte sie sich, sie zu beantworten. Sie zitterte, als sei das Thema unerträglich. Und als ich, vielleicht ein wenig zu barsch, auf sie einredete, brach sie in Tränen aus. Außer meinen eigenen waren dies die einzigen Tränen, die ich in jenem Goldenen Zeitalter zu sehen bekam. Als ich sie sah, hörte ich sofort auf, ihr wegen der Morlocks zuzusetzen, und war nur noch damit beschäftigt, jene Hinweise auf ihr menschliches Erbe aus Weenas Augen zu vertreiben. Und schon bald lächelte sie und klatschte in die Hände, als ich feierlich ein Streichholz abbrannte.

IX

Die Morlocks

Es mag Ihnen seltsam vorkommen, doch es dauerte zwei Tage, bis ich dem neu gefundenen Hinweis auf dem augenscheinlich einzig richtigen Weg nachgehen konnte. Ich verspürte eine sonderbare Scheu vor diesen blassen Körpern. Sie hatten die halb verblichene Farbe der Würmer und anderer Dinge, die man in einem zoologischen Museum in Spiritus konserviert sieht. Und sie fühlten sich widerlich kalt an. Vermutlich war meine Scheu vor allem auf den wohlwollenden Einfluss der Eloi zurückzuführen, deren Ekel vor den Morlocks ich inzwischen nachempfinden konnte.

In der darauffolgenden Nacht schlief ich nicht gut. Wahrscheinlich war meine Gesundheit etwas zerrüttet. Mich plagten Verwirrung und Zweifel. Ein- oder zweimal verspürte ich heftige Angst, für die ich keinen eindeutigen Grund erkennen konnte. Ich erinnere mich, wie ich mich lautlos in den großen Saal stahl, wo die kleinen Leute im Mondlicht schliefen – in dieser Nacht war Weena bei ihnen –, und wie ihre Anwesenheit mich beruhigte. Schon damals kam mir in den Sinn, dass der Mond binnen weniger Tage sein letztes Viertel durchlaufen und die Nächte dunkler werden mussten, dann würden diese widerwärtigen Kreaturen, diese bleichen Lemuren, dieses neue Gewürm, welches das alte ersetzt hatte, in größerer Zahl auftauchen. Und an beiden Tagen litt ich unter der Unruhe eines Menschen, der sich vor einer unvermeidlichen Pflicht drückt. Ich war überzeugt, die Zeitmaschine nur dann wiedererlangen zu können, wenn ich wagemutig in die Geheimnisse der Unterwelt eindrang. Und doch konnte ich diesen Geheimnissen nicht ins Auge blicken. Hätte ich einen Gefährten gehabt, wäre es anders gewesen. Aber ich war so furchtbar allein, und schon der Abstieg in das Dunkel des Brunnens schreckte mich. Ich weiß nicht, ob

Sie meine Empfindungen verstehen werden, aber ich war mir nie sicher, ob hinter meinem Rücken nicht doch eine Gefahr lauerte.

Vielleicht war es diese Unruhe, diese Unsicherheit, die mich auf meinen Erkundungsausflügen immer weiter hinaustrieb. Als ich auf das ansteigende Land im Südwesten zulief, das heute Coombe Wood heißt, erblickte ich in der Ferne, in Richtung des Banstead des neunzehnten Jahrhunderts, ein riesiges grünes Bauwerk, das sich von allem unterschied, was ich bis dahin gesehen hatte. Es war größer als die größten mir bekannten Paläste oder Ruinen, und die Fassade hatte eine orientalische Anmutung: den Glanz und den blassgrünen Farbton – ein bläuliches Grün – einer bestimmten chinesischen Art von Porzellan. Sein anderes Aussehen deutete auf eine andere Verwendung hin, und ich hatte Lust, weiter vorzudringen und den Bau zu erforschen. Aber es war schon spät, und ich hatte den Ort erst am Ende eines langen und anstrengenden Rundweges erreicht. Also beschloss ich, das Abenteuer auf den folgenden Tag zu verschieben, und ging zurück, um von der kleinen Weena begrüßt und liebkost zu werden. Am nächsten Morgen aber sah ich ein, dass meine Neugier auf den Palast aus grünem Porzellan nur eine Selbsttäuschung war, die es mir ermöglicht hatte, einer schauderhaften Erfahrung einen Tag länger auszuweichen. Ich beschloss, ohne weitere Zeitverschwendung den Abstieg zu wagen, und machte mich am frühen Morgen auf den Weg zu einem Brunnen in der Nähe der Ruinen aus Granit und Aluminium.

Die kleine Weena begleitete mich. Sie tänzelte neben mir her zum Brunnen, doch als sie sah, wie ich mich über die Öffnung beugte und hinabspähte, wirkte sie sonderbar verstört. ›Auf Wiedersehen, kleine Weena‹, sagte ich und küsste sie. Dann setzte ich sie ab und begann, über der Brüstung nach den Klettergriffen zu suchen. Eher hastig, muss ich gestehen, denn ich fürchtete, mich könnte der Mut verlassen! Zuerst sah sie mir erstaunt zu. Dann stieß sie einen jämmerlichen Schrei aus, rannte zu mir und begann, mit ihren kleinen Händen an mir zu zerren. Ich denke, ihr Widerstand spornte mich eher dazu an, weiterzumachen. Ich schüttelte sie ab, vielleicht etwas grob, und im nächsten Moment befand ich mich auch schon im Brunnenschacht. Über der Brüstung sah ich ihr gequältes Gesicht und lächelte, um sie zu beruhigen. Dann musste ich auf die wackeligen Klettergriffe achten, an denen ich hing.

Ich musste einen Schacht von vielleicht zweihundert Metern Tiefe hinunterklettern. Der Abstieg erfolgte mit Hilfe von Metallstangen, die von der Brunnenwand abstanden, und da diese den Bedürfnissen eines viel kleineren und leichteren Geschöpfes entsprachen, als ich es war, bekam ich prompt Krämpfe und ermattete bald. Und nicht nur ich ermattete! Unter meinem Gewicht verbog sich plötzlich eine der Stangen und hätte mich beinahe in die Schwärze unter mir geschleudert. Einen Moment hing ich an nur einer Hand, und nach dieser Erfahrung wagte ich es nicht, noch einmal auszuruhen. Obwohl meine Arme und mein Rücken heftig schmerzten, kletterte ich, so schnell ich mich bewegen konnte, weiter senkrecht hinab. Als ich nach oben blickte, sah ich die Öffnung als eine kleine blaue Scheibe, in der ein Stern zu sehen war, während sich der Kopf der kleinen Weena als runder schwarzer Vorsprung zeigte. Das dumpfe Pochen einer Maschine unter mir wurde immer lauter und beklemmender. Alles außer der kleinen Scheibe über mir war tiefschwarz, und als ich erneut aufblickte, war Weena verschwunden.

Mich befiel ein quälendes Unbehagen. Ich überlegte, ob ich versuchen sollte, den Schacht wieder hinaufzusteigen und die Unterwelt in Ruhe zu lassen. Doch noch während ich darüber nachdachte, kletterte ich weiter hinab. Endlich sah ich zu meiner ungeheuren Erleichterung dreißig Zentimeter rechts von mir eine schmale Öffnung in der Wand. Ich schwang mich hinein und stellte fest, dass es sich um die Mündung eines engen horizontalen Tunnels handelte, in dem ich mich hinlegen und ausruhen konnte. Es war keine Minute zu früh. Meine Arme schmerzten, mein Rücken war verkrampft, und ich zitterte aufgrund der ständigen Angst, hinabzustürzen. Zudem überanstrengte die andauernde Dunkelheit meine Augen. Der Schacht war erfüllt von dem Pochen und Brummen der Maschinen, die Luft hinabpumpten.

Ich weiß nicht, wie lange ich dort lag. Geweckt wurde ich von einer sanften Hand, die mein Gesicht berührte. Im Dunkel fuhr ich hoch, griff nach meinen Streichhölzern und zündete hastig eines davon an. Da sah ich drei gebückte weiße Geschöpfe, ähnlich dem, das ich über der Erde in der Ruine gesehen hatte. Vor dem Licht schraken sie zurück. Da sie in einer Finsternis lebten, die mir undurchdringlich schien, waren ihre Augen ungewöhnlich groß und empfindlich, ganz wie die Pupillen von Tiefseefischen, und reflektierten das Licht auf dieselbe Weise. Ich zweifle nicht daran, dass sie mich in dieser absoluten Finsternis sehen konnten, und sie schienen auch keine Angst vor mir zu haben, nur vor dem Licht. Doch sobald ich ein Streichholz anzündete, um sie sehen zu können, flohen sie Hals über Kopf und verschwanden in dunklen Rinnen und Tunneln, aus denen mich ihre Augen auf das seltsamste anstarrten.

Ich wollte ihnen etwas zurufen, aber ihre Sprache war offenbar eine andere als die der Oberirdischen, so dass ich ganz auf mich allein gestellt war – und schon wieder regte sich der Gedanke an Flucht statt Erkundung. Doch ich sagte mir: »Nun steckst du drin«, und wie ich mich so durch den Tunnel tastete, wurde das Geräusch der Maschinen immer lauter. Gleich darauf wichen die Wände zurück, und ich gelangte auf eine weite, offene Fläche. Ich zündete ein weiteres Streichholz an und sah, dass ich eine riesige gewölbte Höhle betreten hatte, die sich jenseits des Lichtkreises der Flamme in tiefstes Dunkel erstreckte. Ich konnte natürlich nur so weit sehen, wie mein brennendes Streichholz es erlaubte.

Meine Erinnerung ist notgedrungen vage. Große Umrisse

wie die von mächtigen Maschinen ragten aus dem Dunkel und warfen groteske schwarze Schatten, in denen die düster-gespenstischen Morlocks vor dem Lichtschein Schutz suchten. Übrigens war es sehr stickig und drückend, und in der Luft lag der schwache Dunst frisch vergossenen Blutes. Etwas abseits der Sichtachse stand ein kleiner Tisch aus weißem Metall, auf dem offenbar eine Mahlzeit angerichtet war. Jedenfalls waren die Morlocks Fleischesser! Ich erinnere mich, dass ich mich schon damals fragte, welches große Tier überlebt haben mochte, dem die rote Keule entstammte, die ich sah. Alles war sehr undeutlich: der schwere Geruch, die großen, nichtssagenden Formen, die ekelerregenden Gestalten, die im Schatten lauerten und nur auf das Dunkel warteten, um wieder über mich herzufallen! Dann brannte das Streichholz ab. Es versengte mir dabei die Finger und fiel zu Boden, ein verglühender roter Fleck in der Schwärze.

Seitdem habe ich viel darüber nachgedacht, wie schlecht ich doch für eine solche Erfahrung gerüstet war. Als ich mit der Zeitmaschine aufbrach, geschah es in der absurden Annahme, die Menschen der Zukunft würden uns mit all ihren Geräten unendlich weit voraus sein. Ich war ohne Waffen gekommen, ohne Medizin, ohne Rauchwaren – manchmal vermisste ich furchtbar meinen Tabak! –, und ja, ohne genügend Streichhölzer. Hätte ich doch nur an eine Kodak gedacht! Dann hätte ich diesen Einblick in die Unterwelt in Sekundenschnelle aufnehmen und ganz in Ruhe untersuchen können. So aber stand ich nur mit jenen Waffen und Kräften da, mit denen die Natur mich ausgestattet hatte: mit Händen, Füßen und Zähnen – und mit den vier Sicherheitsstreichhölzern, die mir noch geblieben waren.

Ich hatte Angst, mich in der Dunkelheit zwischen all den Maschinen hindurchzuzwängen, und dann hatte ich auch erst kurz bevor das Licht erlosch bemerkt, dass mein Vorrat an Streichhölzern zur Neige ging. Bis dahin war mir gar nicht eingefallen, dass ich mit ihnen haushalten musste, und fast die Hälfte der Schachtel hatte ich darauf verschwendet, die Oberirdischen in Erstaunen zu versetzen, für die Feuer etwas Neues war. Nun hatte ich, wie gesagt, nur noch vier übrig, und während ich im Dunkeln stand, berührte eine Hand die meine, dünne Finger tasteten über mein Gesicht, und ich nahm einen merkwürdigen, unangenehmen Geruch wahr. Um mich her glaubte ich den Atem einer ganzen Schar dieser fürchterlichen kleinen Wesen zu hören. Ich spürte, wie man mir die Streichholzschachtel behutsam entwinden wollte, und andere Hände hinter mir zupften an meiner Kleidung. Die Empfindung, dass diese unsichtbaren Geschöpfe mich untersuchten, war höchst unerquicklich. In der Dunkelheit wurde mir plötzlich klar, wie wenig ich über ihre Denk- und Handlungsweise wusste. Ich brüllte sie an, so laut ich konnte. Sie schraken zurück, dann aber spürte ich, wie sie sich mir von neuem näherten. Sie griffen noch mutiger nach mir und flüsterten einander seltsame Laute zu. Ich zitterte heftig und brüllte abermals – ziemlich misstönend. Diesmal erschraken sie nicht ganz so heftig und stießen, als sie wieder auf mich zukamen, ein eigentümliches Lachen aus. Ich muss gestehen, dass ich entsetzliche Angst hatte. Ich beschloss, ein weiteres Streichholz zu entzünden und im Schutz des Lichtes zu fliehen. Das tat ich auch, und indem ich die flackernde Flamme mit einem Stück Papier aus meiner Tasche verlängerte, gelang mir der Rückzug in den engen Tunnel. Doch kaum hatte ich diesen betreten, wurde mein Licht ausgeblasen, und in der Finsternis hörte ich, wie die Morlocks mir nacheilten – es war ein Rascheln wie Blätter im Wind und ein Geplätscher wie Regen.

Im nächsten Moment wurde ich von mehreren Händen gepackt. Unverkennbar versuchten sie, mich zurückzuzerren. Ich entzündete ein weiteres Streichholz und schwenkte es vor ihren geblendeten Gesichtern. Sie können sich kaum vorstellen, wie ekelhaft unmenschlich sie aussahen, als sie mich blind und fassungslos anstarrten – diese blassen, kinnlosen Gesichter, diese großen, lidlosen rosagrauen Augen. Aber ich versichere Ihnen, ich blieb nicht, um zu schauen. Ich zog mich weiter zurück, und als mein zweites Streichholz erloschen war, riss ich mein drittes an. Es war schon fast abgebrannt, als ich die Öffnung zum Schacht erreichte. Am Rand legte ich mich hin, denn von dem Hämmern der großen Pumpe unter mir war mir ganz schwindlig geworden. Dann tastete ich seitlich nach den hervorstehenden Klettergriffen. In diesem Augenblick wurden von hinten meine Füße gepackt, und ich wurde gewaltsam zurückgezerrt. Ich zündete mein letztes Streichholz an – es ging sofort wieder aus. Inzwischen aber hatte ich meine Hände an den Kletterstangen, und mit einem heftigen Tritt befreite ich mich aus den Klauen der Morlocks und kletterte rasch den Schacht hinauf, während sie zurückblieben und zu mir aufblinzelten: alle bis auf ein kleines Ekel, das mir ein Stück weit folgte und um ein Haar meinen Schuh als Trophäe einbehalten hätte.

Der Aufstieg kam mir endlos vor. Auf den letzten sieben oder acht Metern überfiel mich eine tödliche Übelkeit. Ich hatte größte Mühe, Tritt zu fassen. Die letzten paar Meter waren ein furchtbarer Kampf gegen diese Schwäche. Mehrere Male wurde mir fast schwarz vor Augen, und ich hatte das Gefühl zu fallen. Schließlich aber kletterte ich irgendwie über die Brüstung und taumelte aus der Ruine ins grelle Sonnenlicht. Ich fiel auf mein Gesicht. Selbst der Erdboden roch sauber und süß. Ich erinnere mich noch, wie Weena meine Hände und Ohren küsste, und an die Stimmen der anderen Eloi. Dann verlor ich eine Zeitlang das Bewusstsein.

X

Als die Nacht kam

Jetzt schien ich mich in der Tat in einer noch schlimmeren Lage zu befinden als zuvor. Bis dahin hatte ich, abgesehen von dem nächtlichen Schrecken über den Verlust der Zeitmaschine, die Hoffnung aufrechterhalten, am Ende doch noch entkommen zu können. Die neuen Entdeckungen aber hatten sie ins Wanken gebracht. Bis dahin hatte ich mich nur durch die kindliche Einfalt der kleinen Leute und durch unbekannte Kräfte behindert gefühlt, die ich lediglich zu verstehen brauchte, um sie zu überwinden. Doch die widerliche Eigenart der Morlocks – etwas Unmenschliches und Bösartiges – war etwas ganz Neues. Instinktiv verabscheute ich sie. Zuvor hatte ich mich wie ein Mann gefühlt, der in eine Grube gefallen ist: Meine Sorge galt der Grube und wie ich aus ihr herauskommen würde. Jetzt fühlte ich mich wie ein Tier in einer Falle, dessen Feind es bald heimsuchen würde.

Der Feind, den ich fürchtete, mag Sie überraschen. Es war die Dunkelheit des Neumonds. Durch einige zunächst unverständliche Bemerkungen über die Dunklen Nächte hatte Weena mir dies in den Kopf gesetzt. Inzwischen ließ sich unschwer erraten, was die kommenden Dunklen Nächte zu bedeuten hatten. Der Mond war im Abnehmen begriffen: Mit jeder Nacht war es länger dunkel. Und nun verstand ich zumindest ansatzweise, weshalb sich die kleinen Oberirdischen vor der Dunkelheit fürchteten. Vage fragte ich mich, welch böse Schandtaten die Morlocks bei Neumond begehen mochten. Mittlerweile war ich mir ziemlich sicher, dass meine zweite Hypothese grundfalsch war. Die Oberirdischen mochten einst die bevorzugte Aristokratie gewesen sein und die Morlocks ihre mechanischen Diener, aber das war schon lange vorbei. Die beiden Spezies, die aus der Evolution des Menschen hervorgegangen waren, schlitterten in eine ganz neue Beziehung oder hatten diese bereits erreicht. Die Eloi waren, wie die karolingischen Könige, zu schöner Nutzlosigkeit verkommen. Sie besaßen die Erde nur unter stillschweigender Duldung, denn die Morlocks, die seit unzähligen Generationen unterirdisch lebten, fanden die taghelle Oberfläche am Ende unerträglich. Und die Morlocks, so schlussfolgerte ich, fertigten ihnen die Kleidung und stillten ihre habituellen Bedürfnisse, vielleicht weil die alte Gewohnheit des Dienstes fortlebte. Sie taten es so, wie ein stehendes Pferd mit dem Huf scharrt oder wie ein Mann es genießt, Tiere zum Spaß zu töten: weil uralte und längst nicht mehr akute Notwendigkeiten es dem Organismus eingeprägt hatten. Aber offensichtlich war die alte Ordnung zum Teil bereits aufgehoben. Die Nemesis der Zarten näherte sich geschwind. Vor langer Zeit, vor Tausenden von Generationen, hatte der Mensch seinen Bruder aus Komfort und Sonnenschein verdrängt. Und nun kehrte der Bruder zurück – verwandelt! Eine alte Lektion hatten die Eloi bereits neu zu lernen begonnen: Sie lernten wieder das Fürchten. Und plötzlich kam mir erneut die Erinnerung an das Fleisch in den Sinn, das ich in der Unterwelt gesehen hatte. Es erschien mir seltsam, wie sie sich einstellte: nicht durch den Strom meiner Gedanken geweckt, sondern fast wie eine Frage von außen. Ich versuchte, mich auf die Form des Fleisches zu besinnen. Ich hatte das unbestimmte Gefühl von etwas Vertrautem, konnte damals aber nicht sagen, was es war.

Doch so hilflos die kleinen Leute in ihrer geheimnisvollen Furcht auch waren, ich war aus anderem Holz geschnitzt. Ich kam aus dem unsrigen Zeitalter, dieser reifen Blütezeit des Menschengeschlechts, wo Furcht nicht lähmt und das Mysterium seinen Schrecken verloren hat. Ich wenigstens würde mich wehren. Ohne Zögern beschloss ich, mich zu bewaffnen und mir eine Festung zu bauen, in der ich schlafen konnte. Mit diesem Zufluchtsort als Ausgangsbasis konnte ich der fremden Welt mit etwas von jener Zuversicht begegnen, die ich verloren hatte, als ich erkannte, welchen Kreaturen ich Nacht für Nacht ausgesetzt war. Ich spürte, dass ich nie wieder würde schlafen können, bis mein Lager vor ihnen sicher war. Mich schauderte vor Entsetzen, wenn ich daran dachte, wie sie mich bereits inspiziert haben mussten.

Im Laufe des Nachmittags durchwanderte ich das Tal der Themse, fand aber nichts, was sich mir als unzugänglich empfahl. All die Gebäude und Bäume schienen von so geschickten Kletterern, wie es die Morlocks ihren Brunnen nach zu urteilen sein mussten, leicht erklimmbar zu sein. Dann kamen mir wieder die hohen Zinnen des Palasts aus grünem Porzellan und der Glanz seiner Mauern in den Sinn, und am Abend nahm ich Weena wie ein Kind auf die Schultern und stieg die Hügel hinauf in Richtung Südwesten. Die Entfernung hatte ich auf zwölf, dreizehn Kilometer geschätzt, aber es waren wohl eher an die dreißig. Den Palast hatte ich zum ersten Mal an einem feuchten Nachmittag gesehen, wenn man sich in der Entfernung täuscht. Außerdem war der Absatz eines meiner Schuhe lose, und durch die Sohle hatte sich ein Nagel gebohrt – es waren bequeme alte Schuhe, die ich in der Wohnung trug –, so dass ich humpelte. Es war schon lange nach Sonnenuntergang, als der Palast schließlich in Sicht kam, eine schwarze Silhouette vor dem fahlen Gelb des Himmels.

Anfangs war Weena überglücklich, dass ich sie trug, doch nach einer Weile wollte sie abgesetzt werden und lief neben mir her. Hin und wieder scherte sie nach links oder rechts aus und pflückte Blumen, um sie mir in die Taschen zu stopfen. Meine Taschen waren Weena schon immer ein Rätsel gewesen, zuletzt aber war sie zu dem Schluss gelangt, es handele sich um eine Art exzentrischer Vasen für Blumenschmuck. Jedenfalls nutzte sie sie zu diesem Zweck. Dabei fällt mir ein: Als ich mein Jackett wechselte, fand ich –«

Der Zeitreisende hielt inne, steckte die Hand in die Tasche und legte schweigend zwei verwelkte Blumen auf den kleinen Tisch.

*Sie waren großen weißen Malven nicht unähnlich. Dann nahm er
seine Erzählung wieder auf.*

»Als die Abendstille über die Welt kroch und wir über den
Hügelkamm in Richtung Wimbledon gingen, wurde Weena
müde und wollte zurück zu dem Haus aus grauem Stein. Aber
ich zeigte ihr die fernen Zinnen des Palasts aus grünem Porzellan und wollte ihr begreiflich machen, dass wir dort Zuflucht
suchten, Zuflucht vor ihrer Angst. Sie kennen das große Innehalten, das sich vor der Dämmerung über die Dinge legt? Selbst
die Brise in den Bäumen schweigt. Für mich schwingt in dieser
abendlichen Stille stets ein Hauch von Erwartung mit. Der
Himmel war klar, fern und leer, bis auf ein paar horizontale
Streifen weit hinten im Sonnenuntergang. Nun, in dieser Nacht
nahm die Erwartung die Farbe meiner Ängste an. In der dunkelnden Stille schienen meine Sinne auf übernatürliche Weise
geschärft. Ich bildete mir sogar ein, die Hohlheit des Bodens
unter meinen Füßen zu spüren, ja, beinahe durch ihn hindurch
die Morlocks zu sehen, wie sie in ihrem Ameisenbau hin und her
krabbelten und auf die Dunkelheit warteten. In meiner Erregtheit glaubte ich, sie würden mein Eindringen in ihren Bau als
Kriegserklärung auffassen. Aber warum auch hatten sie meine
Zeitmaschine an sich genommen?

So setzten wir unseren Weg in der Stille fort, und das Dämmerlicht vertiefte sich zur Nacht. Das klare Blau in der Ferne verblasste, und ein Stern nach dem anderen trat hervor. Der Erdboden wurde düster und die Bäume schwarz. In Weena wuchsen Angst und Erschöpfung. Ich nahm sie in die Arme, redete
ihr zu und streichelte sie. Als sich die Dunkelheit verdichtete,
legte sie ihre Arme um meinen Hals, schloss die Augen und
drückte ihr Gesicht fest an meine Schulter. So liefen wir einen
langen Abhang hinunter in ein Tal, und in der Finsternis wäre
ich fast in einen kleinen Fluss gefallen. Also durchwatete ich den
Fluss und stieg die gegenüberliegende Seite des Tals hinauf, vorbei an einer Reihe schlafender Häuser und einer Statue – einem

Faun oder dergleichen, nur *ohne* Kopf. Auch hier wuchsen Akazien. Bis jetzt hatte ich von den Morlocks noch nichts gesehen, aber es war ja auch noch früh in der Nacht, und die dunkleren Stunden, ehe der alte Mond aufging, würden noch kommen.

Von der Kuppe des nächsten Hügels sah ich einen dichten Wald, der sich weit und schwarz vor mir ausbreitete. Bei seinem Anblick zögerte ich. Weder zur Rechten noch zur Linken war sein Ende abzusehen. Ich fühlte mich müde – vor allem taten mir meine Füße weh –, und so blieb ich stehen, ließ Weena behutsam von den Schultern gleiten und setzte mich ins Gras. Den Palast aus grünem Porzellan konnte ich nicht mehr sehen und war im Zweifel über die eingeschlagene Richtung. Ich spähte in das Dickicht des Waldes und überlegte, was es wohl verbergen mochte. Unter dem dichten Geäst würde man die Sterne nicht mehr sehen. Selbst wenn keine andere Gefahr lauerte – eine Gefahr, die ich mir nicht ausmalen wollte –, blieben noch immer all die Wurzeln, über die man stolpern, und all die Baumstämme, gegen die man stoßen konnte. Und nach den Aufregungen des Tages war ich sehr erschöpft; daher beschloss ich, mich der Gefahr nicht zu stellen, sondern die Nacht auf dem offenen Hügel zu verbringen.

Weena schlief tief und fest, wie ich zu meiner Freude feststellte. Ich hüllte sie vorsichtig in mein Jackett und setzte mich neben sie, um den Aufgang des Mondes abzuwarten. Der Hang lag still und verlassen, doch aus der Schwärze des Waldes drang hin und wieder das Geraschel von Lebewesen. Über mir leuchteten die Sterne, denn die Nacht war sehr klar. In ihrem Funkeln spürte ich etwas von freundlichem Trost. Jedoch waren all die alten Sternbilder vom Himmel verschwunden. Ihre langsame Bewegung, unmerklich in hundert Menschenaltern, hatte sie längst zu fremdartigen Konstellationen geordnet. Die Milchstraße aber, so schien mir, war noch derselbe ausgefranste Streif von Sternenstaub wie in alten Zeiten. Südlich davon (wie ich urteilte) stand ein sehr heller roter Stern, der mir neu war – und noch prächtiger als unser grüner Sirius. Und inmitten all der glitzernden Lichtpunkte leuchtete, gütig und gleichbleibend wie das Gesicht eines alten Freundes, ein heller Planet.

Beim Anblick dieser Sterne traten alle meine Sorgen und alle Mühsal des irdischen Lebens plötzlich in den Hintergrund. Ich dachte an ihre unfassbare Ferne und an ihre allmähliche und unausweichliche Wanderung aus einer unbekannten Vergangenheit in eine unbekannte Zukunft. Ich dachte an die große Kreiselbewegung der Erdachse. In all den Jahren, die von mir durchreist worden waren, hatte der stille Zyklus der Präzession erst vierzigmal stattgefunden. Und während dieser wenigen Zyklen waren alle Tätigkeiten, alle Traditionen, die komplexen Organisationen, Nationen, Sprachen, Literaturen, Bestrebungen, ja selbst die bloße Erinnerung an die Menschheit, wie ich sie kannte, hinweggefegt worden. Stattdessen gab es diese zerbrechlichen Geschöpfe, die ihre hohe Herkunft vergessen hatten, und diese weißen Wesen, vor denen ich in Angst und Schrecken lebte. Dann dachte ich an die Große Furcht, die zwischen den beiden Gattungen herrschte, und mit einem jähen Schaudern wurde mir zum ersten Mal bewusst, was für ein Fleisch ich da gesehen haben mochte. Es war gar zu grauenhaft! Ich betrachtete die kleine Weena, die neben mir schlief, das Gesicht weiß und sternengleich unter den Sternen, und verbannte den Gedanken unverzüglich.

Die ganze lange Nacht hindurch lenkte ich mich so gut es ging von den Morlocks ab und vertrieb mir die Zeit, indem ich versuchte, in dem neuen Wirrwarr Überreste der alten Konstellationen auszumachen. Abgesehen von ein oder zwei dunstigen Wolken blieb der Himmel sehr klar. Zweifellos nickte ich etliche Male ein. Im Verlauf meiner Nachtwache trat eine Blässe in den östlichen Himmel wie der Widerschein eines farblosen Feuers, und der alte Mond stieg höher empor, kränklich dünn und weiß. Und gleich dahinter, ihn überholend und überflutend, kam die Morgendämmerung, zuerst blass, dann rosig und warm. Die

Morlocks hatten sich uns nicht genähert. Ja, auf dem Hügel hatte ich die ganze Nacht keine gesehen. Und in der Zuversicht des neuen Tages wollte es mir fast scheinen, als sei meine Angst unbegründet gewesen. Ich stand auf und stellte fest, dass der Fuß in dem Schuh mit dem losen Absatz am Knöchel geschwollen war und dass meine Ferse schmerzte. Und so setzte ich mich wieder hin, zog meine Schuhe aus und warf sie fort.

Ich weckte Weena, und wir liefen hinunter in den Wald, der jetzt grün und freundlich wirkte statt düster und bedrohlich. Wir fanden einige Früchte, die wir zum Frühstück aßen. Bald trafen wir auf andere der zierlichen Geschöpfe, die im Sonnenlicht lachten und tanzten, als gäbe es in der Natur keine Nacht. Und dann musste ich noch einmal an das Fleisch denken, das ich gesehen hatte. Inzwischen war ich mir sicher, was es war, und bedauerte dieses letzte schwache Rinnsal aus der großen Flut der Menschheit von ganzem Herzen. Offensichtlich war den Morlocks irgendwann im Dermaleinst des menschlichen Verfalls die Nahrung ausgegangen. Möglicherweise hatten sie sich von Ratten und ähnlichem Ungeziefer ernährt. Schon heute ist der Mensch in seiner Nahrung weniger wählerisch und anspruchsvoll als früher – viel weniger als jeder Affe. Sein Vorurteil gegen Menschenfleisch ist kein tief verwurzelter Instinkt. Und so hatten diese unmenschlichen Menschensöhne –! Ich versuchte, die Angelegenheit im Geiste der Wissenschaft zu betrachten. Schließlich waren sie weniger menschlich und standen uns ferner als unsere kannibalischen Vorfahren vor drei- oder viertausend Jahren. Und die Intelligenz, die ein solches Vorgehen zu einer seelischen Folter gemacht hätte, war verschwunden. Weshalb sollte ich mich damit quälen? Die Eloi waren nichts als gemästetes Vieh, das die ameisenähnlichen Morlocks hüteten und jagten – vermutlich kümmerten sie sich auch um ihre Züchtung. Und da war Weena, die an meiner Seite tanzte!

Dann versuchte ich, gegen das Grauen anzukämpfen, das mich befiel, indem ich das Ganze als drastische Strafe der menschlichen Selbstsucht betrachtete. Der Mensch hatte sich damit begnügt, in Wonne und Behagen von der Arbeit seines Mitmenschen zu leben, hatte dessen Not zu seiner Losung und zu seiner Ausrede erhoben. Und als die Zeit dafür gekommen war, hatte die Not nun ihn heimgesucht. Ich versuchte es sogar mit Carlyle'scher Verachtung dieser elenden, im Verfall begriffenen Aristokratie. Aber diese Geisteshaltung war unmöglich. Wie weit ihr geistiger Niedergang auch fortgeschritten sein mochte, die Eloi hatten sich zu viel von der menschlichen Gestalt bewahrt, um nicht mein Mitgefühl zu erregen und mich an ihrem Niedergang und ihrer Angst teilhaben zu lassen.

Zu diesem Zeitpunkt hatte ich nur sehr unbestimmte Vorstellungen davon, welchen Weg ich verfolgen sollte. Zuallererst musste ich mir einen sicheren Zufluchtsort suchen und Waffen aus Metall oder Stein anfertigen, so gut ich eben konnte. Dies war das dringendste Erfordernis. Sodann hoffte ich, mir Feuer beschaffen zu können, um eine Fackel zur Hand zu haben, denn nichts, so viel wusste ich, wäre wirksamer gegen die Morlocks. Schließlich wollte ich mir eine Vorrichtung ausdenken, um die Bronzetüren unter der Weißen Sphinx aufzubrechen. Mir schwebte ein Rammbock vor. Ich war der Überzeugung, dass ich, wenn ich durch diese Türen eindringen und eine lodernde Flamme vor mir hertragen könnte, die Zeitmaschine finden und entkommen würde. Ich konnte mir nicht vorstellen, dass die Morlocks stark genug waren, sie sehr weit zu schleppen. Ich hatte mir vorgenommen, Weena in unsere eigene Zeit mitzunehmen. Und während ich über solchen Plänen grübelte, setzte ich unseren Weg zu dem Gebäude fort, das meine Phantasie als unsere Behausung erwählt hatte.

XI

Der Palast aus grünem Porzellan

Als wir uns ihm gegen Mittag näherten, fand ich den Palast aus grünem Porzellan verlassen und verfallen vor. In den Fenstern waren nur noch zerbrochene Glasreste übrig, und von dem rostzerfressenen Metallgerüst waren große Stücke der grünen Fassade herabgestürzt. Das Gebäude lag hoch oben auf einem begrasten Höhenzug, und als ich vor dem Eintreten nach Nordosten blickte, sah ich zu meiner Überraschung dort, wo meiner Meinung nach Wandsworth und Battersea gelegen haben mussten, eine große Flussmündung oder gar Bucht. Damals überlegte ich – auch wenn ich den Gedanken nicht weiterverfolgte –, was wohl mit den Lebewesen im Meer geschehen war oder noch geschehen mochte.

Bei näherer Untersuchung stellte sich das Material des Palastes tatsächlich als Porzellan heraus, und auf der Vorderseite sah ich eine Inschrift in unbekannten Lettern. Ich war so töricht zu glauben, Weena könne mir bei der Deutung helfen, merkte jedoch, dass ihr nicht einmal das Konzept des Schreibens geläufig war. Ich glaube, sie kam mir tatsächlich menschlicher vor, als sie es eigentlich war, vielleicht weil ihre Zuneigung so menschlich anmutete.

Hinter den großen Türflügeln – die offen standen und zerbrochen waren – fanden wir statt des gewohnten Saals eine lange Galerie, die von vielen Seitenfenstern erhellt wurde. Auf den ersten Blick fühlte ich mich an ein Museum erinnert. Der geflieste Fußboden war dicht mit Staub bedeckt und eine bemerkenswerte Ansammlung verschiedenster Objekte in denselben grauen Belag gehüllt. Dann entdeckte ich mitten im Saal etwas seltsam Ausgemergeltes – es war eindeutig der untere Teil eines riesigen Skeletts. An den schräg gestellten Füßen erkannte ich, dass es sich um ein ausgestorbenes Tier nach Art des Megatheriums handelte. Der Schädel und die oberen Knochen lagen daneben unter der dicken Staubschicht, und an einer Stelle war das Ding ausgehöhlt vom Regen, der durch das undichte Dach hereingetropft war. Ferner befand sich in der Galerie das riesige Skelett eines Brontosaurus. Meine Museumshypothese hatte sich bestätigt. Als ich zur Seite ging, entdeckte ich etwas, das den Eindruck schiefer Regale erweckte. Ich entfernte den dichten Staub und erkannte die altvertrauten Glasvitrinen unserer Zeit. Nach dem gut erhaltenen Zustand eines Teils ihres Inhalts zu schließen, mussten sie luftdicht gewesen sein.

Offenkundig standen wir in den Ruinen eines heutigen Museums in South Kensington! Dies musste die Paläontologische Abteilung mit ihrer prächtigen Fossiliensammlung sein, wenngleich der unvermeidliche Zerfallsprozess, der vorübergehend aufgehalten worden war und durch die Ausrottung von Bakterien und Pilzen neunundneunzig Hundertstel seiner Kraft verloren hatte, mit größter Sicherheit, wenn auch größter Langsamkeit wieder am Werk war. An den Schätzen fanden sich hier und da Spuren der kleinen Leute – seltene Fossilien waren in Stücke zerbrochen oder an Schilfrohren aufgefädelt. Und in einigen Fällen waren die Glasvitrinen gewaltsam entfernt worden – vermutlich von den Morlocks. Es war sehr still. Der dicke Staub dämpfte unsere Schritte. Als ich mich umblickte, kam Weena, die gerade einen Seeigel auf der schrägen Glasscheibe einer Vitrine hinuntergerollt hatte, zu mir, nahm leise meine Hand und blieb neben mir stehen.

Zunächst war ich so überrascht von diesem uralten Denkmal eines intellektuellen Zeitalters, dass ich gar nicht über die Möglichkeiten nachsann, die es mir bot. Selbst der alles beherrschende Gedanke an die Zeitmaschine trat zurück.

Seiner Größe nach zu urteilen, hatte der Palast aus grünem Porzellan viel mehr zu bieten als eine paläontologische Galerie: Vielleicht gab es historische Galerien, womöglich sogar eine Bibliothek! Für mich, zumindest in meiner jetzigen Situation, wären diese weitaus interessanter als dieses Schauspiel einer im Zerfallen begriffenen Geologie aus alten Zeiten. Bei meiner Erkundung stieß ich auf eine weitere kurze Galerie, die quer zu der ersten verlief. Offenbar war sie Mineralien gewidmet, und der Anblick eines Schwefelblocks lenkte meine Gedanken auf Schießpulver. Aber ich konnte weder Salpeter noch andere Nitrate finden. Zweifellos hatten sie sich schon vor Urzeiten aufgelöst. Der Schwefel jedoch blieb mir im Gedächtnis und brachte mich auf eine Idee. An dem übrigen Inhalt der Galerie hatte ich wenig Interesse, auch wenn er von allem, was ich sah, insgesamt am besten erhalten war. Ich bin kein Mineraloge, und so ging ich einen verfallenen Gang entlang, der parallel zu dem ersten Saal verlief, den ich betreten hatte. Offenbar war diese Abteilung der Naturgeschichte gewidmet, jedoch alles längst bis zur Unkenntlichkeit entstellt. Ein paar geschrumpfte und geschwärzte Überreste, die einmal ausgestopfte Tiere gewesen waren, vertrocknete Mumien in Glasgefäßen, die einmal Spiritus enthalten hatten, der braune Staub abgestorbener Pflanzen – das war alles! Es tat mir leid, denn gerne hätte ich die geduldigen Anpassungen verfolgt, mit denen die belebte Natur erobert worden war. Dann gelangten wir zu einer Galerie von geradezu kolossalen Ausmaßen, die jedoch überaus schlecht beleuchtet war, da der Fußboden von dem Ende, an dem ich eintrat, in einem leichten Winkel abfiel. In Abständen hingen weiße Kugeln von der Decke – viele davon zersprungen oder zertrümmert –, was darauf schließen ließ, dass der Raum ursprünglich künstlich beleuchtet worden war. Hier war ich mehr in meinem Element, denn zu beiden Seiten ragten riesige Maschinen auf, alle stark verrostet, viele zerbrochen, manche aber noch recht vollständig. Sie wissen, dass ich eine gewisse Schwäche für mechanische Vorrichtungen habe, und so war ich geneigt, bei diesen zu verweilen, zumal sie mir die meisten Rätsel aufgaben und ich nur vage Vermutungen anstellen konnte, wozu sie dienten. Ich dachte mir, dass ich, wenn ich ihre Rätsel lösen könnte, in den

Besitz von Kräften käme, die mir gegen die Morlocks von Nutzen wären.

Plötzlich drängte sich Weena dicht an mich. So plötzlich, dass sie mich erschreckte. Wäre sie nicht gewesen, ich glaube, ich hätte gar nicht bemerkt, dass der Boden der Galerie abfiel.[1] Das Ende, an dem ich eingetreten war, befand sich über der Erde und wurde durch seltene schlitzförmige Fenster beleuchtet. Wenn man den Raum der Länge nach durchschritt, stieg das Bodenprofil draußen vor diesen Fenstern an, bis schließlich vor jedem Fenster eine grubenähnliche Vertiefung war, die an den kleinen Bereich vor der Souterrainwohnung eines Londoner Hauses erinnerte. Von oben drang deshalb nur noch ein schmaler Streifen Tageslicht ein. Ich war, ganz auf die Maschinen konzentriert, langsam weitergegangen und zu sehr mit ihnen beschäftigt gewesen, um das allmählich schwächer werdende Licht zu bemerken. Dann erregte Weenas wachsende Furcht meine Aufmerksamkeit. Da erst fiel mir auf, dass die Galerie in ein dichtes Dunkel mündete. Ich zögerte, und als ich mich umschaute, bemerkte ich, dass die Staubschicht inzwischen nicht mehr ganz so dick war und ihre Oberfläche weniger gleichmäßig. Weiter zum Dunkel hin schien sie von einer Reihe kleiner, schmaler Fußspuren durchbrochen zu sein. Das Gefühl einer unmittelbaren Gegenwart der Morlocks erwachte von neuem. Ich spürte, dass ich mit der akademischen Untersuchung der Maschinen nur Zeit verschwendete. Mir fiel ein, dass der Nachmittag bereits weit fortgeschritten war und ich noch immer keine Waffe, keinen Unterschlupf und keine Möglichkeit hatte, ein Feuer zu machen. Und dann hörte ich unten, im entlegenen Dunkel der Galerie, ein merkwürdiges Getrappel und die gleichen seltsamen Geräusche, die ich schon im Brunnen gehört hatte.

Ich nahm Weena bei der Hand. Dann hatte ich eine Idee. Ich

---

1 Es kann natürlich sein, dass der Boden gar nicht abfiel, sondern dass das Museum in den Hang eines Hügels hineingebaut war. (Anm. d. Autors)

ließ sie stehen und wandte mich einer Maschine zu, aus der ein Hebel ragte, nicht unähnlich denen in einem Stellwerk. Ich kletterte auf den Sitz, ergriff den Hebel mit beiden Händen und drückte ihn mit meinem ganzen Körpergewicht seitwärts. Plötzlich begann Weena, die verlassen im Mittelgang stand, zu wimmern. Ich hatte die Stärke des Hebels richtig eingeschätzt, denn nach einer Minute Kraftanstrengung brach er ab, und als ich mich wieder zu Weena gesellte, hielt ich einen Streitkolben in der Hand, der meiner Meinung nach für den Schädel eines jeden Morlock langte, dem ich begegnen mochte. Und ich sehnte mich sehr danach, ein oder zwei Morlocks zu töten. Vielleicht halten Sie es für unmenschlich, die eigenen Nachkommen umbringen zu wollen! Aber irgendwie war es unmöglich, in diesen Wesen irgendetwas Menschliches zu sehen. Nur mein Unwille, Weena im Stich zu lassen, und die Überzeugung, meine Zeitmaschine könnte leiden, wenn ich anfinge, meine Mordlust zu stillen, hinderten mich daran, geradewegs die Galerie hinunterzulaufen und die Bestien zu töten, die ich da hörte.

Nun, mit dem Streitkolben in der einen Hand und Weena an der anderen, verließ ich die Galerie und trat in eine andere, noch größere, die mich auf den ersten Blick an eine mit zerschlissenen Fahnen behängte Militärkapelle erinnerte. Die braunen und verkohlten Fetzen an den Wänden erwiesen sich bald als die vermoderten Überreste von Büchern. Zwar waren sie längst zerfallen und die Buchstaben kaum noch zu entziffern, doch hier und da waren verzogene Buchdeckel und gesprungene Metallschließen zu sehen, die Auskunft gaben. Wäre ich Literat gewesen, vielleicht hätte ich über die Nichtigkeit allen Ehrgeizes moralisiert. Aber was mich am meisten beeindruckte, war die ungeheure Verschwendung von Arbeitskraft, von der diese düstere Wildnis aus verrottendem Papier zeugte. Ich muss zugeben, dass ich dabei vor allem an die *Philosophical Transactions* und an meine eigenen siebzehn Arbeiten über physikalische Optik dachte.

Dann stiegen wir eine breite Treppe hinauf und gelangten in einen Raum, der vielleicht einmal eine Galerie für Technische Chemie gewesen war. Und hier hatte ich nicht wenig Hoffnung, nützliche Entdeckungen zu machen. Außer am anderen Ende, wo das Dach eingestürzt war, war diese Galerie gut erhalten. Ungeduldig trat ich zu jedem unversehrten Glaskasten. Und in einer der wirklich luftdichten Vitrinen fand ich schließlich eine Schachtel Streichhölzer. Gespannt probierte ich sie aus. Sie funktionierten einwandfrei. Sie waren nicht einmal feucht geworden. Ich wandte mich zu Weena. ›Tanzen‹, rief ich ihr in ihrer Sprache zu. Denn jetzt besaß ich tatsächlich eine Waffe gegen die schrecklichen Kreaturen, vor denen wir uns so fürchteten. Und so vollführte ich zu Weenas großer Freude auf dem dicken, weichen Staubteppich des verfallenen Museums feierlich eine Art Mischtanz und pfiff dabei, so fröhlich ich konnte, *The Land o' the Leal*. Teils war es ein sittsamer *Cancan*, teils ein Stepptanz, teils ein Serpentintanz (soweit meine Mantelschöße es zuließen), teils eine Eigenschöpfung. Denn wie Sie wissen, bin ich von Natur aus erfinderisch.

Nun, ich denke noch jetzt: Es war ein höchst sonderbarer Umstand und für mich ein sehr glücklicher, dass die Streichholzschachtel unvorstellbar viele Jahre lang dem Verschleiß der Zeit entgangen war. Seltsamerweise stieß ich jedoch auf eine weitaus unwahrscheinlichere Substanz, und zwar auf Kampfer. Ich fand ihn in einem versiegelten Gefäß, das, wie ich vermute, durch Zufall tatsächlich hermetisch verschlossen war. Anfangs hielt ich die Substanz für Paraffinwachs und schlug die Scheibe ein. Doch der Kampfergeruch war unverkennbar. In dem allgemeinen Verfall hatte diese flüchtige Substanz sich erhalten, vielleicht über viele tausend Jahrhunderte hinweg. Es erinnerte mich an ein Sepiagemälde, das ich einmal gesehen hatte und das mit der Tinte eines fossilen Belemniten gemalt worden war, welcher vor Millionen von Jahren verendet und versteinert sein musste. Schon wollte ich das Stück Kampfer wegwerfen; dann aber fiel mir ein, dass Kampfer leicht entflammbar ist und mit einer schönen hellen Flamme brennt – und somit eine ausgezeichnete Kerze abgeben würde. Ich steckte es in meine Tasche. Sprengstoff fand ich jedoch nicht, und auch kein Werkzeug, um die Bronzetüren aufzubrechen. Bislang war meine eiserne Brechstange das Hilfreichste, was ich gefunden hatte. Dennoch verließ ich die Galerie in bester Stimmung.

Ich kann Ihnen nicht die ganze Geschichte dieses langen Nachmittags erzählen. Es würde mir eine große Gedächtnisleistung abverlangen, meine Erkundungen in der richtigen Reihenfolge aufzuführen. Ich erinnere mich an eine lange Galerie rostender Waffenständer und daran, wie ich zwischen meinem Brecheisen und einem Kriegsbeil oder Schwert schwankte. Beides konnte ich nicht tragen, und gegen die Bronzetüren schien meine Eisenstange am effektivsten zu sein. Es gab auch eine Vielzahl an Büchsen, Flinten und Pistolen. Die meisten waren verrostet, viele aber aus neuem Metall und noch recht gut zu gebrauchen. Doch die Patronen und das Schießpulver, die es einmal gegeben haben mochte, waren zu Staub zerfallen. Vielleicht waren diese ja explodiert, denn ich sah in der Galerie einen Winkel, der verkohlt und zertrümmert war. An einer anderen Stelle befand sich eine riesige Sammlung Götzenbilder: polynesische, mexikanische, griechische, phönizische – aus allen Ländern der Erde, wie mir schien. Und hier gehorchte ich einem unwiderstehlichen Impuls und schrieb meinen Namen auf die Nase eines südamerikanischen Ungetüms aus Speckstein, das mir besonders gut gefiel.

Je länger der Abend dauerte, desto mehr ließ mein Interesse nach. Ich durchstreifte eine Galerie nach der anderen, staubig, still, oft verfallen, die Exponate manchmal nur ein Haufen Rost und Holzkohle, manchmal etwas frischer. In einer Galerie fand ich mich plötzlich nahe dem Modell einer Zinnmine wieder, und in einer luftdichten Vitrine entdeckte ich durch reinen Zufall zwei Dynamitpatronen! Ich rief ›Heureka!‹, und voller Freude zerschlug ich die Vitrine. Mir kamen Zweifel. Ich zögerte. Dann wählte ich eine kleine Seitengalerie und führte meinen Versuch durch. Nie hatte ich eine solche Enttäuschung erlebt wie jetzt, da ich fünf, zehn, fünfzehn Minuten auf eine Explosion wartete, die nicht erfolgte. Natürlich waren es Attrappen, das hätte mir auch gleich auffallen können, schließlich befanden sie sich in in einem Museum. Ich glaube wirklich, dass ich, wäre es anders gekommen, unbeherrscht losgestürmt wäre und die Sphinx, die Bronzetüren und (wie sich zeigen sollte) meine Chancen, die Zeitmaschine zu finden, allesamt in die Luft gesprengt hätte.

Danach, glaube ich, kamen wir zu einem kleinen offenen Hof innerhalb des Palasts. Dabei handelte es sich um eine Rasenfläche mit drei Obstbäumen. So ruhten wir uns aus und kamen wieder zu Kräften. Gegen Sonnenuntergang begann ich über unsere Lage nachzudenken. Die Nacht schlich heran, und noch musste ich ein unzugängliches Versteck finden. Aber das beunruhigte mich nicht allzu sehr. Ich hatte etwas in meinem Besitz, das vielleicht die beste Wehr gegen die Morlocks war – ich besaß Streichhölzer! Außerdem hatte ich, falls eine lodernde Flamme benötigt wurde, den Kampfer in meiner Tasche. Es schien mir das Beste zu sein, die Nacht im Freien zu verbringen, im Schutze eines Feuers. Am Morgen galt es, die Zeitmaschine zurückzuholen. Dafür hatte ich bislang nur meinen eisernen Streitkolben. Aber dank meiner neuen Erkenntnisse hatte ich nunmehr eine ganz andere Einstellung zu den Bronzetüren. Bis dahin hatte ich vor allem wegen der Geheimnisse, die auf der anderen Seite lauerten, davon abgesehen, sie aufzubrechen. Sie waren mir aber nie sonderlich stark vorgekommen, und so hoffte ich, dass meine Eisenstange der Aufgabe gewachsen wäre.

XII

Im Dunkeln

Wir traten aus dem Palast, als die Sonne eben noch über dem Horizont stand. Ich war entschlossen, am frühen Morgen zur Weißen Sphinx zu gelangen, und deshalb wollte ich den Wald, der mich auf der letzten Wanderung aufgehalten hatte, noch vor Einbruch der Dunkelheit durchqueren. Mein Plan war, an diesem Abend so weit wie möglich zu kommen, ein Feuer zu machen und im Schutze seines Lichts Schlaf zu finden. Daher sammelte ich im Weitergehen so viele Zweige und trockene Gräser, wie ich nur sah, und hatte bald beide Arme voll. So beladen kamen wir langsamer voran, als ich erwartet hatte, außerdem war Weena müde. Und auch ich begann, unter Schläfrigkeit zu leiden, so dass es schon Nacht war, ehe wir den Wald erreichten. Auf dem buschbestandenen Hügel am Waldrand hätte Weena am liebsten haltgemacht, da sie das Dunkel vor uns fürchtete; doch ein eigenartiges Gefühl drohenden Unheils, das mir eigentlich als Warnung hätte dienen sollen, trieb mich voran. Ich hatte eine Nacht und zwei Tage lang nicht geschlafen und war entsprechend fiebrig und gereizt. Ich spürte, wie mich der Schlaf überkam – und mit ihm die Morlocks.

Während wir noch zögerten, sah ich zwischen den schwarzen Sträuchern hinter uns drei Gestalten kauern, die sich nur schemenhaft von der Schwärze abhoben. Um uns her wuchs Gestrüpp und hohes Gras. Vor dem heimtückischen Nahen der Morlocks fühlte ich mich nicht sicher. Der Wald, schätzte ich, war kaum mehr als einen Kilometer breit. Wenn wir ihn bis zu dem kahlen Hang durchqueren könnten, gäbe es dort, wie mir schien, einen weitaus sichereren Rastplatz. Mit den Streichhölzern und dem Kampfer glaubte ich, unseren Weg durch den Wald erhellen zu können. Allerdings war mir klar, dass ich, wenn ich mit den Händen Streichhölzer schwenken wollte, auf mein Brennholz verzichten musste – also warf ich es widerwillig zu Boden. Und dann kam mir der Gedanke, dass ich unsere Freunde hinter uns in Erstaunen versetzen würde, wenn ich es anzündete. Später sollte ich die schreckliche Torheit dieses Vorhabens erkennen, zunächst aber schien es ein genialer Schachzug, um unseren Rückzug zu decken.

Ich weiß nicht, ob Sie schon einmal darüber nachgedacht haben, wie ungewöhnlich Flammen in einem gemäßigten Klima ohne menschliches Zutun sind. Selbst wenn sie, wie in tropischeren Gegenden zuweilen üblich, in Tautropfen gebündelt wird, ist die Sonnenhitze nur selten stark genug, um ein Feuer zu verursachen. Blitze können sengen und schwärzen, führen aber nur selten zu einem Flächenbrand. Verfaulende Pflanzen können durch die Hitze der Fermentation gelegentlich schwelen, aber auch das endet nur selten in Flammen. Dank der herrschenden Dekadenz hatte man also auch die Kunst des Feuermachens auf Erden verlernt. Für Weena waren die roten Zungen, die an meinem Reisighaufen leckten, etwas völlig Neues und Befremdliches.

Sie wollte zu ihnen laufen und mit ihnen spielen. Ich glaube, sie hätte sich gar ins Feuer gestürzt, hätte ich sie nicht davon abgehalten. Doch ich fing sie auf und tauchte trotz ihres Widerstands mutig in den Wald ein. Ein Stück weit erhellte der Schein meines Feuers den Weg. Als ich zurückblickte, sah ich durch die dichtgedrängten Baumstämme hindurch, dass das lodernde Feuer von meinem Reisighaufen auf einige angrenzende Büsche übergegriffen hatte und als Lauffeuer das Gras des Hügels hinaufkroch. Ich lachte darüber und wandte mich wieder den düsteren Bäumen vor mir zu. Es war sehr dunkel, und Weena klammerte sich krampfhaft an mich, doch nachdem sich meine Augen an die Finsternis gewöhnt hatten, war noch immer genügend Licht, um den Stämmen aus dem Weg zu gehen. Über uns war es schwarz, nur hier und da schimmerte ein Spalt fernen blauen Himmels auf uns herab. Ich zündete keines meiner Streichhölzer mehr an, weil ich keine Hand frei hatte. Auf dem linken Arm trug ich meine Kleine, in der Rechten hielt ich meine Eisenstange.

Eine Weile lang hörte ich nur das Knacken der Zweige unter meinen Füßen, das leise Säuseln des Windes über mir, meinen eigenen Atem und das Pochen der Blutgefäße in meinen Ohren. Dann schien ich hinter mir ein Trappeln zu vernehmen. Grimmig schritt ich weiter. Das Getrappel wurde deutlicher, und dann hörte ich dieselben seltsamen Geräusche und Stimmen, die ich schon in der Unterwelt gehört hatte. Offenbar waren es mehrere Morlocks, und sie waren mir dicht auf den Fersen. Tatsächlich spürte ich eine Minute später ein Zupfen an meinem Mantel, dann etwas an meinem Arm. Weena zitterte heftig und wurde ganz still.

Es war Zeit für ein Streichholz. Doch um an die Schachtel zu gelangen, musste ich Weena absetzen. Das tat ich, und während ich an meiner Hosentasche nestelte, begann um meine Knie herum in der Dunkelheit ein Kampf, aufseiten Weenas völlig geräuschlos, seitens der Morlocks mit den immergleichen seltsam gurrenden Lauten. Weiche kleine Hände krochen über meinen Mantel und meinen Rücken und berührten sogar meinen Hals. Dann konnte ich das Streichholz anreißen, und es zischte auf. Es loderte in meiner Hand, und schon sah ich zwischen den Bäumen die weißen Rücken der fliehenden Morlocks. Eilig holte ich einen Klumpen Kampfer aus meiner Tasche, bereit, ihn anzuzünden, sobald das Streichholz erlosch. Dann blickte ich zu Weena. Sie lag völlig reglos mit dem Gesicht zum Boden und umklammerte meine Füße. Mit jähem Schrecken beugte ich mich zu ihr hinab. Sie schien kaum noch zu atmen. Ich zündete das Stück Kampfer an und schleuderte es auf den Boden. Als es zerbarst und aufflammte und die Morlocks und die Schatten vertrieb, kniete ich nieder und hob Weena auf. Der Wald hinter uns schien erfüllt von der Betriebsamkeit und dem Geraune einer großen Gesellschaft.

Sie schien in Ohnmacht gefallen zu sein. Ich nahm sie behutsam auf die Schultern und stand auf, um weiterzugehen. Doch dann überkam mich eine schreckliche Erkenntnis: Als ich mit meinen Streichhölzern und Weena hantierte, hatte ich mich mehrmals umgedreht – und nun nicht die leiseste Ahnung, in welcher Richtung mein Weg lag. Ebenso gut konnte es sein, dass ich wieder in Richtung des Palasts aus grünem Porzellan blickte. Mir stand der kalte Schweiß auf der Stirn. Ich musste rasch überlegen, was zu tun war. Ich beschloss, ein Feuer zu machen und an Ort und Stelle zu lagern. Ich setzte die noch immer reglose Weena auf einen moosbewachsenen Baumstamm, und als das erste Stück Kampfer zu erlöschen drohte, begann ich eilends Zweige und Blätter zu sammeln. Aus dem Dunkel ringsum leuchteten hier und da rot wie Rubine die Augen der Morlocks.

Der Kampfer flackerte und erlosch. Ich zündete ein Streichholz an, und in dem Augenblick stürzten zwei weiße Gestalten hastig davon, die sich Weena genähert hatten. Der eine war von dem Licht so geblendet, dass er direkt auf mich zuhielt, und ich spürte, wie seine Knochen unter meinem Fausthieb knirschten. Er stieß einen Schreckensschrei aus, taumelte ein paar Schritte und brach zusammen. Ich zündete ein weiteres Stück Kampfer an und machte mich wieder auf die Suche nach Feuerholz. Bald bemerkte ich, wie trocken das Laubwerk über mir war, denn seit meiner Ankunft auf der Zeitmaschine, also seit einer Woche, hatte es nicht geregnet. Statt also zwischen den Bäumen nach heruntergefallenen Zweigen zu suchen, begann ich hochzuspringen und gleich ganze Äste abzureißen. Alsbald hatte ich aus trockenen Zweigen und Grünholz ein qualmendes Feuer entfacht und konnte mit meinem Kampfer haushalten. Dann drehte ich mich zu Weena um, die neben meinem eisernen Streitkolben lag. Ich tat alles, um sie wiederzubeleben, doch sie lag da wie eine Tote. Ich konnte mich nicht einmal vergewissern, ob sie noch atmete.

Mittlerweile schlug mir der erstickende Rauch des Feuers ins

Gesicht, und ich fühlte mich plötzlich schwer. Überdies lag der Dunst des Kampfers in der Luft. Holz würde ich erst in etwa einer Stunde wieder nachlegen müssen. Nach meiner Anstrengung fühlte ich mich sehr matt und setzte mich hin. Aus dem Wald drang ein einschläferndes Gemurmel, das ich nicht zu deuten wusste. Ich glaubte, nur kurz eingenickt zu sein, doch als ich die Augen aufschlug, war es es tiefschwarze Nacht und ich in den Händen der Morlocks. Ich schüttelte die Finger ab, die mich umklammerten, und tastete hastig nach der Streichholzschachtel in meiner Hosentasche, aber – sie war fort! Dann fassten sie erneut nach mir und wurden handgreiflich. Ich wusste sofort, was geschehen war. Ich war eingeschlafen, mein Feuer war erloschen – und nun überkam die Bitterkeit des Todes meine Seele. Der Wald schien erfüllt vom Geruch brennenden Holzes. Ich wurde am Hals, an den Haaren, an den Armen gepackt und nach unten gezerrt. Es war unsagbar grauenvoll, im Dunkel all diese weichen Geschöpfe auf mir zu spüren. Mir war, als zappelte ich in einem ungeheuren Spinnennetz. Ich wurde überwältigt und ging zu Boden. Ich fühlte, wie kleine Zähne an meinem Hals nagten. Als ich mich zur Seite wälzte, stieß meine Hand gegen den eisernen Hebel. Das gab mir Kraft. Ich kämpfte mich hoch, schüttelte die menschlichen Ratten ab, umfasste die Stange und stieß sie in Richtung ihrer Gesichter. Ich spürte, wie Fleisch und Knochen unter meinen Schlägen nachgaben, und für einen Moment war ich frei.

Mich überkam jenes eigenartige Hochgefühl, das so oft einen schweren Kampf zu begleiten scheint. Ich wusste, dass sowohl ich als auch Weena verloren waren, aber ich war entschlossen, die Morlocks für ihr Fleisch bezahlen zu lassen. Ich stand mit dem Rücken zu einem Baum und schwang die Eisenstange. Der ganze Wald war erfüllt von Aufruhr und dem Geschrei der Morlocks. Eine Minute verging. Ihre Stimmen schienen immer höher und erregter zu werden, ihre Bewegungen immer schneller. Doch keiner kam in meine Reichweite. Ich stand da und starrte ins Dunkel. Dann plötzlich keimte Hoffnung auf. Was, wenn die Morlocks Angst hatten? Gleich darauf geschah etwas Seltsames. Die Dunkelheit schien sich aufzuhellen. Ganz schwach begann ich die Morlocks um mich herum zu sehen – drei, die zerschmettert zu meinen Füßen lagen –, und dann bemerkte ich zu meinem ungläubigen Erstaunen, dass die anderen in einem, wie es schien, unaufhörlichen Strom an mir vorbei- und durch den vor mir liegenden Wald davonliefen. Außerdem schienen ihre Rücken nicht länger weiß zu sein, sondern rötlich. Als ich so dastand mit offenem Mund, sah ich, wie ein kleiner roter Funke durch eine sternenklare Lücke zwischen den Ästen schwebte und verschwand. Und plötzlich konnte ich den Geruch brennenden Holzes, das einschläfernde Gemurmel, das nunmehr zu einem stürmischen Tosen anschwoll, den rötlichen Schein und die Flucht der Morlocks einordnen.

Als ich hinter meinem Baum hervortrat und zurückblickte, sah ich durch die schwarzen Säulen der umstehenden Bäume die Flammen des brennenden Waldes. Es war mein erstes Feuer, welches mir nacheilte. Ich suchte nach Weena, aber sie war verschwunden. Das Zischen und Knistern hinter mir, der explosive Knall, mit dem wieder ein Baum in Flammen aufging, ließen mir wenig Zeit zum Nachdenken. Noch immer die Eisenstange in der Hand, folgte ich dem Pfad der Morlocks. Es war ein knappes Rennen. Einmal krochen die Flammen zu meiner Rechten so schnell heran, dass ich überrascht wurde und nach links ausweichen musste. Schließlich aber gelangte ich zu einer kleinen Lichtung, und in diesem Augenblick stolperte ein Morlock auf mich zu und an mir vorbei und lief geradewegs ins Feuer!

Und nun sollte ich das Seltsamste und Schrecklichste von allem erleben, was ich in diesem zukünftigen Zeitalter zu Gesicht bekam. Vom Widerschein des Feuers war alles taghell erleuchtet. In der Mitte der Lichtung befand sich eine Erhebung, vielleicht ein Hügelgrab, überragt von einem versengten Weißdorn. Dahinter befand sich ein weiterer Arm des brennenden Waldes, aus dem bereits gelbe Flammen züngelten, die die Lichtung vollständig mit einem Zaun aus Feuer umschlossen. Auf dem Hügel standen an die dreißig oder vierzig Morlocks, die, von Licht und Hitze geblendet, in ihrer Verwirrung torkelnd gegeneinanderprallten. Zunächst begriff ich nicht, dass sie geblendet waren, und schlug, als sie sich mir näherten, in einem Anfall von Angst wütend mit meiner Stange auf sie ein. Dabei tötete ich einen und verstümmelte mehrere andere. Doch als ich sah, wie einer von ihnen unter dem Weißdorn gegen den roten Himmel gestikulierte, und ihr Stöhnen hörte, war ich mir ihrer vollkommenen Hilflosigkeit und ihres Elends im Feuerschein sicher und schlug keinen mehr nieder.

Ab und zu jedoch kam einer von ihnen direkt auf mich zu und löste schauderndes Entsetzen aus, so dass ich mich beeilte, ihm auszuweichen. Irgendwann ließen die Flammen nach, und ich fürchtete, die widerlichen Kreaturen würden mich bald erkennen. Ich dachte sogar daran, den Kampf selbst zu beginnen und einige von ihnen zu töten, bevor dies geschähe; dann aber loderte das Feuer wieder heller auf, und ich ließ es sein. Ich lief auf dem Hügel umher und suchte nach einer Spur von Weena. Den Morlocks wich ich dabei aus. Doch Weena blieb verschwunden.

Schließlich ließ ich mich auf der Hügelkuppe nieder und beobachtete diese unglaublich skurrile Gesellschaft blinder Wesen, die umhertasteten und einander unheimliche Laute zuriefen, wenn der Feuerschein sie traf. Schlängelnde Rauchschwaden zogen über den Himmel, und durch die wenigen Risse in diesem roten Baldachin leuchteten kleine Sterne auf, so weit entfernt, als gehörten sie einem anderen Universum an. Zwei oder drei Morlocks stolperten auf mich zu, und ich vertrieb sie am ganzen Körper zitternd mit Fausthieben.

Fast die ganze Nacht war ich davon überzeugt, in einem Alptraum zu sein. Ich biss mir in die Hand und schrie auf in dem leidenschaftlichen Wunsch, daraus zu erwachen. Ich schlug mit den Händen auf den Boden, erhob mich und setzte mich wieder, irrte hierhin und dorthin und setzte mich abermals. Dann rieb ich mir die Augen und flehte Gott an, mich endlich aufwachen zu lassen. Dreimal sah ich, wie die Morlocks in einer Art Todeskampf die Köpfe senkten und sich in die Flammen stürzten. Schließlich aber zog über dem nachlassenden Rot des Feuers, über den strömenden Schwaden schwarzen Rauchs, über den weiß und schwarz werdenden Baumstümpfen und der schwindenden Zahl dieser undeutlichen Gestalten das weiße Licht des Tages auf.

Aufs Neue suchte ich nach Spuren von Weena, aber es gab keine. Es war offensichtlich, dass die Morlocks ihren armen kleinen Leichnam im Wald zurückgelassen hatten. Ich kann nicht beschreiben, wie sehr mich der Gedanke erleichterte, dass sie dem schrecklichen Schicksal, das ihr bestimmt schien, entgangen war. Als ich daran dachte, war ich fast geneigt, unter den hilflosen Scheusalen um mich herum ein Massaker anzurichten, aber ich bezwang mich. Der Hügel war, wie gesagt, eine Art Insel im Wald. Von der Kuppe aus konnte ich durch den Rauchschleier hindurch den Palast aus grünem Porzellan erkennen. Von dort würde ich den Weg zur Weißen Sphinx finden. Und so ließ ich, als es heller wurde, die Überreste dieser verdammten Seelen stöhnend weiter hin und her laufen, band mir etwas Gras um die Füße und humpelte über die schwelende Asche und zwischen verrußten Stämmen hindurch, die innerlich noch immer vor Feuer pulsierten, auf das Versteck der Zeitmaschine zu. Ich ging langsam, denn nicht nur lahmte ich, ich war fast völlig erschöpft und empfand den heftigsten Schmerz über den grausigen Tod der kleinen Weena. Er fühlte sich an wie ein erdrückender Schicksalsschlag. Jetzt, in diesem altvertrauten Zimmer hier, kommt es mir eher wie der Kummer vor, den man in einem Traum empfindet, weniger wie ein tatsächlicher Verlust. An jenem Morgen hingegen war ich wieder vollkommen allein – schrecklich allein. Ich musste an mein Haus, an diesen Kamin, an einige von Ihnen denken, und mit solchen Gedanken stieg eine schmerzliche Sehnsucht auf.

Doch als ich unter dem hellen Morgenhimmel durch die schwelende Asche ging, machte ich eine Entdeckung. In meiner Hosentasche befanden sich noch einige lose Streichhölzer. Die Schachtel musste aufgegangen sein, bevor sie mir entwendet wurde.

XIII

Die Falle der Weißen Sphinx

Gegen acht oder neun Uhr morgens kam ich zu derselben Sitzgelegenheit aus gelbem Metall, von der aus ich am Abend meiner Ankunft die Welt betrachtet hatte. Ich dachte an meine voreiligen Schlüsse an jenem Abend und konnte mir ein bitteres Lachen über meine damalige Zuversicht nicht verkneifen. Dieselbe schöne Szenerie, dasselbe üppige Blattwerk, dieselben prächtigen Paläste und eindrucksvollen Ruinen, derselbe silberne Fluss, der zwischen fruchtbaren Ufern dahinfloss. Zwischen den Bäumen bewegten sich die farbenfrohen Gewänder der schönen Menschen hierhin und dorthin. Einige badeten an genau der Stelle, wo ich Weena gerettet hatte, und das versetzte mir urplötzlich einen schmerzhaften Stich. Und wie Kleckse in der Landschaft erhoben sich die Kuppeln über den Schächten zur Unterwelt. Jetzt verstand ich, was die Schönheit der Menschen in der Oberwelt ausmachte. Ihr Tag war höchst angenehm, so angenehm wie der Tag des Viehs auf dem Feld. Wie das Vieh kannten sie keine Feinde und trafen keine Vorsorge gegen die Not. Und ihr Ende war dasselbe.

Es tat mir weh, daran zu denken, wie kurz der Traum des menschlichen Intellekts gewesen war. Er hatte den Freitod gewählt. Er hatte ohne Unterlass nach Komfort und Bequemlichkeit gestrebt, nach einer ausbalancierten Gesellschaft, deren Losung Sicherheit und Dauer war, er hatte seine Hoffnungen verwirklicht – und zuletzt war es so weit mit ihm gekommen. Irgendwann mussten Leben und Eigentum das Stadium nahezu absoluter Sicherheit erreicht haben. Der Reiche war seines Wohlstands und seiner Bequemlichkeit sicher, der Arbeiter seines Lebens und seiner Arbeit. Zweifellos gab es in dieser perfekten Welt keine Arbeitslosigkeit mehr, keine soziale Frage, die ungelöst geblieben wäre. Und eingekehrt war eine große Ruhe.

Es ist ein Naturgesetz, das wir oft übersehen: Geistige Flexibilität ist die Entschädigung für Veränderung, Gefahren und Schwierigkeiten. Ein Tier, das in perfekter Harmonie mit seiner Umwelt lebt, ist ein perfekter Mechanismus. Erst wenn Gewohnheit und Instinkt unnütz sind, appelliert die Natur an die Intelligenz. Gibt es keine Veränderung und keine Notwendigkeit zur Veränderung, gibt es auch keine Intelligenz. Intelligenz ist nur bei jenen Tieren vorhanden, die sich mit mannigfacher Not und Gefahr auseinandersetzen müssen.

So wie ich es sehe, hatte das den Menschen der Oberwelt zu schwächlicher Schönheit verholfen und die Unterwelt zu bloßer mechanischer Industrie getrieben. Doch selbst für mechanische Perfektion fehlte es diesem perfekten Zustand an einem – an unbegrenzter Dauer. Offensichtlich war die Ernährung der Unterwelt, wie auch immer sie bewerkstelligt wurde, im Laufe der Zeit gestört worden. Mutter Not, die einige tausend Jahre lang abgewehrt worden war, kehrte zurück, und sie fing unter der Erde an. Vermutlich hatte sich die Unterwelt, die in Kontakt mit Maschinen war, mit Maschinen, die, so perfekt sie auch sein mögen, außer der Gewohnheit immer noch einiges Nachdenken erfordern, zwangsläufig mehr Initiative (wenn auch weniger von jedem anderen menschlichen Charakterzug) bewahrt als die Oberwelt. Und wenn anderes Fleisch nicht verfügbar war, wandten sie sich dem zu, was alte Gewohnheiten bis dahin tabuisiert hatten. So, sage ich, sah ich es bei meinem letzten Blick auf die Welt von 802 701. Sie mag so verkehrt sein wie nur irgendeine Erklärung, die der Menschengeist ersinnen kann. Aber so stellte sich mir die Sache dar, und so teile ich sie Ihnen mit.

Nach den Strapazen, Aufregungen und Schrecken der vergangenen Tage und trotz meines Kummers waren die Sitzgelegenheit, die ruhige Aussicht und der warme Sonnenschein sehr angenehm. Ich war müde und schläfrig, und bald ging mein Grübeln in ein Dösen über. Als ich mich dabei ertappte, befolgte ich den Hinweis und streckte mich auf dem Gras aus, wo ich einen langen und erholsamen Schlaf fand.

Kurz vor Sonnenuntergang wachte ich auf. Inzwischen glaubte ich, davor sicher zu sein, dass die Morlocks mich beim Schlafen zu fassen bekämen. Ich reckte mich und schritt den Hügel hinab zur Weißen Sphinx. In der einen Hand hielt ich mein Brecheisen, die andere spielte mit den Streichhölzern in meiner Tasche.

Und nun geschah etwas völlig Unerwartetes. Als ich mich dem Sockel der Sphinx näherte, stellte ich fest, dass die Bronzetüren offen standen. Sie waren in ihre Schienen geglitten.

Ich blieb kurz vor ihnen stehen und zögerte einzutreten.

Im Inneren befand sich eine kleine Wohnung, und auf einem erhöhten Platz in einer Ecke stand die Zeitmaschine. Die kleinen Hebel hatte ich in meiner Tasche. Nach all meinen aufwändigen Vorbereitungen für die Belagerung der Weißen Sphinx also widerstandslose Kapitulation! Ich warf meine Eisenstange weg. Fast bedauerte ich es, sie nicht benutzt zu haben.

Als ich mich in den Eingang beugte, schoss mir plötzlich ein Gedanke durch den Kopf. Zumindest dieses eine Mal verstand ich die Überlegungen der Morlocks. Ich unterdrückte den starken Drang zu lachen und trat durch den bronzenen Rahmen an meine Zeitmaschine heran. Zu meiner Überraschung stellte ich fest, dass sie sorgfältig geölt und gereinigt worden war. Seitdem hege ich den Verdacht, dass die Morlocks sie sogar teilweise zerlegt hatten, als sie in ihrer Stumpfsinnigkeit herausfinden wollten, welchem Zweck sie wohl diente.

Als ich nun dastand und sie untersuchte, wobei mich allein schon die bloße Berührung der Vorrichtung freute, geschah genau das, womit ich gerechnet hatte. Plötzlich glitten die Bronzetüren zu und schlugen klirrend gegen den Rahmen. Ich war im Dunkeln – gefangen. Glaubten jedenfalls die Morlocks. Daraufhin kicherte ich vergnügt.

Ich konnte bereits ihr murmelndes Lachen hören, als sie auf

mich zukamen. In aller Ruhe versuchte ich, das Streichholz anzuzünden. Ich musste nur noch die Hebel anbringen, dann
konnte ich wie ein Gespenst verschwinden. Aber ich hatte eine
Kleinigkeit übersehen. Die Streichhölzer waren von jener üblen
Sorte, die sich nur an der Schachtel anreißen lassen.

Sie können sich vorstellen, dass all meine Ruhe dahin war.
Die brutalen kleinen Kerle waren bereits in meiner unmittelbaren Nähe. Einer berührte mich. In der Dunkelheit schlug ich mit
den Hebeln um mich und machte Anstalten, auf den Sattel der
Maschine zu klettern. Da kam erst eine, dann noch eine Hand
auf mich zu. Ich musste mit ihren hartnäckigen Fingern um
meine Hebel kämpfen und gleichzeitig nach den Schrauben tasten, mit denen sie befestigt wurden. Einen der Hebel hätten sie
mir um ein Haar entwunden. Als er mir aus der Hand glitt,
musste ich, um ihn wiederzubekommen, einem der Morlocks in
der Dunkelheit einen Kopfstoß verpassen – ich konnte seinen
Schädel brummen hören. Ich glaube, es ging knapper aus als der
Kampf im Wald, dieses letzte Handgemenge.

Schließlich aber war der Hebel befestigt und umgelegt. Die
klammernden Hände glitten an mir ab. Gleich darauf fiel mir das
Dunkel von den Augen. Ich fand mich in demselben grauen
Licht und Durcheinander wieder, das ich bereits beschrieben
habe.

XIV

Noch eine Vision

Von der Übelkeit und der Verwirrung, die mit Zeitreisen einhergehen, habe ich Ihnen bereits erzählt. Und diesmal saß ich nicht einmal ordentlich im Sattel, sondern seitlich und sehr unsicher. Eine Zeit lang klammerte ich mich an die schwankende und vibrierende Maschine, ohne darauf zu achten, wohin die Reise ging, und als ich mich endlich überwinden konnte und auf die Ziffernblätter schaute, war ich erstaunt, wohin es mich verschlagen hatte. Eines der Ziffernblätter zeigt die Tage an, ein anderes Tausende von Tagen, ein drittes Millionen von Tagen und ein weiteres tausend Millionen. Statt den Rückwärtsgang einzulegen, hatte ich die Hebel so gedrückt, dass ich vorwärts fuhr, und als ich auf die Armaturen blickte, stellte ich fest, dass sich der Tausenderzeiger genauso schnell drehte wie der Sekundenzeiger einer Uhr – in die Zukunft!

Als ich weiterreiste, machten die Dinge einen sonderbaren Wandel durch. Das pochende Grau wurde dunkler, dann – obwohl ich mich noch immer mit ungeheurer Geschwindigkeit fortbewegte – kehrte die rasche Folge von Tag und Nacht zurück, normalerweise ein Zeichen für ein langsameres Tempo, und wurde immer deutlicher. Zunächst war es mir ein Rätsel. Der Wechsel von Tag und Nacht verlangsamte sich, ebenso der Lauf der Sonne über den Himmel, bis sie sich über Jahrhunderte zu dehnen schienen. Schließlich lag ein dauerhaftes Dämmerlicht über der Erde, ein Dämmerlicht, das nur hin und wieder unterbrochen wurde, wenn ein hell leuchtender Komet über den dunklen Himmel schoss. Der Lichtstreif der Sonne war längst verschwunden, denn die Sonne ging nun nicht mehr unter – nur noch im Westen schwoll sie an und ab und wurde immer breiter und röter. Vom Mond hatte sich jede Spur verloren. Die Sterne kreisten immer langsamer, sie waren zu dahinkriechenden

Lichtpunkten geworden. Einige Zeit bevor ich haltmachte, blieb die Sonne, rot und sehr groß, schließlich regunglos am Horizont stehen, eine riesige Kuppel, die nur noch dumpfe Hitze ausstrahlte und gelegentlich sogar ganz erlosch. Einmal glühte sie eine Weile lang wieder heller auf, fiel jedoch alsbald in ihre düstere Rotglut zurück. An der Verlangsamung des Sonnenauf- und -untergangs merkte ich, dass das Werk der Gezeitenkräfte vollbracht war. Die Erde war zur Ruhe gekommen und zeigte nur noch mit einer Seite zur Sonne, so wie in unserer Zeit der Mond immer mit derselben Seite zur Erde schaut. Ganz behutsam, denn ich erinnerte mich an meinen jähen Sturz bei der Landung, kehrte ich die Bewegungsrichtung um. Die Zeiger rotierten immer langsamer, bis der Tausender stillzustehen schien und der Tageszeiger nicht mehr nur ein bloßer Nebel auf der Skala war. Noch langsamer, bis die schemenhaften Umrisse eines menschenleeren Strandes sichtbar wurden.

Sachte hielt ich an. Ich blieb auf der Zeitmaschine sitzen und blickte mich um. Der Himmel war nicht länger blau. Nach Nordosten hin war er tintenschwarz, und aus der Schwärze leuchteten hell und beständig die blassen weißen Sterne. Über mir war er sternenlos und in ein tiefes Indischrot getaucht, und im Südosten, wo vom Horizont durchschnitten rot und regungslos die riesige Hülle der Sonne lag, hellte er zu glühendem Scharlach auf. Die Felsen um mich her waren von harscher rötlicher Farbe, und der vorerst einzige Hinweis auf Leben, den ich sehen konnte, war die intensiv grüne Vegetation, von der jeder Vorsprung auf den südöstlichen Felswänden bedeckt war: dasselbe satte Grün, das man auf Waldmoos sieht oder auf Flechten in Höhlen. Pflanzen wie diese gedeihen in immerwährendem Dämmerlicht.

Die Maschine stand auf einem abfallenden Strand. Das Meer erstreckte sich weit nach Südwesten und hob sich vor dem fahlen Himmel zu einem hellen, scharfen Horizont. Es gab keine Wellen und keine Brecher, denn es regte sich kein einziger

Windhauch. Nur eine leichte ölige Dünung hob und senkte sich wie sanfter Atem und zeigte, dass die ewige See noch am Leben und in Bewegung war. Und am Ufersaum, wo sich das Wasser zuweilen brach, hatte sich eine dicke Salzkruste gebildet, die unter dem gespenstischen Himmel rosa schimmerte. In meinem Kopf herrschte ein Gefühl der Beklemmung, und ich merkte, dass mein Atem sehr viel schneller ging. Das erinnerte mich an meine einzige Bergbesteigung, was mich darauf schließen ließ, dass die Luft dünner war als heute.

Weiter oben am öden Hang hörte ich einen schrillen Schrei und sah, wie etwas, das einem riesigen weißen Schmetterling ähnelte, schräg in den Himmel aufflatterte und kreisend zwischen den niedrigen Hügeln verschwand. Der Klang seiner Stimme war so trostlos, dass ich erschauderte und mich noch fester in den Sitz der Maschine drückte. Als ich mich wieder umschaute, sah ich, dass sich nahebei etwas, das ich für eine rötliche Felsmasse gehalten hatte, langsam auf mich zubewegte. Dann begriff ich, dass es sich in Wahrheit um ein ungeheures krebsähnliches Geschöpf handelte. Können Sie sich einen Krebs vorstellen, so groß wie der Tisch dort drüben, der sich langsam und unsicher auf vielen Beinen fortbewegt, der mit seinen großen Scheren klappert, der mit seinen langen, wie Kutscherpeitschen aussehenden Antennen fühlt und tastet und Sie aus seinen Stielaugen zu beiden Seiten des gepanzerten Kopfbruststücks anglotzt? Sein Rücken war zerfurcht, von unansehnlichen Beulen verunstaltet und hier und da mit einer grünlichen Kruste überzogen. Als er sich auf mich zubewegte, konnte ich sehen, wie die vielen Antennen seiner komplexen Mundwerkzeuge züngelten und zuckten.

Während ich noch auf die unheimliche Erscheinung starrte, die da auf mich zukroch, spürte ich an der Wange ein Kitzeln, als hätte sich eine Fliege auf ihr niedergelassen. Ich versuchte, sie mit der Hand wegzuwischen, doch im nächsten Moment kam sie zurück, und fast gleichzeitig setzte sich eine weitere auf mein

Ohr. Ich schlug nach ihr und erwischte etwas Fadenartiges. Es wurde mir schnell aus der Hand gezogen. Von Übelkeit befallen, drehte ich mich um und sah, dass ich den Fühler einer weiteren Monsterkrabbe ergriffen hatte, die sich genau hinter mir befand. Ihre bösen Augen zappelten auf den Stielen, ihr Mund war voller Appetit, und ihre scheußlichen, mit Algenschleim beschmierten riesigen Scheren senkten sich auf mich herab. Im Nu war meine Hand am Hebel, und schon lag ein ganzer Monat zwischen mir und diesen Ungeheuern. Allerdings befand ich mich noch an demselben Strand, und sobald ich wieder anhielt, konnte ich sie deutlich erkennen. Im düsteren Licht schienen Dutzende von ihnen zwischen dem dichten Blattwerk intensiven Grüns umherzukriechen.

Ich kann die schreckliche Trostlosigkeit, die über der Welt hing, nicht wiedergeben. Der rote Himmel im Osten, die Schwärze im Norden, das salzige Tote Meer, der steinige Strand, auf dem es von diesen ekligen, trägen Ungeheuern wimmelte, das monotone Giftgrün der flechtenartigen Pflanzen, die dünne Luft, die der Lunge zu schaffen machte – all das trug zu der entsetzlichen Wirkung bei. Ich reiste hundert Jahre weiter, und da war dieselbe rote Sonne – ein wenig größer, ein wenig trüber –, dasselbe sterbende Meer, dieselbe frostige Luft und dieselbe Masse robuster Krebstiere, die zwischen dem grünen Unkraut und den roten Felsen hin und her krochen. Und am westlichen Himmel bemerkte ich eine gekrümmte blasse Linie, die aussah wie ein ungeheurer Neumond.

So reiste ich weiter, in großen Schritten von tausend Jahren oder mehr, hielt dann und wann an, angezogen vom Geheimnis des Schicksals der Erde, und beobachtete mit seltsamer Faszination, wie die Sonne am westlichen Himmel immer größer und immer trüber wurde und wie das Leben der alten Erde schwächer wurde. Schließlich, nach mehr als dreißig Millionen Jahren, hatte die riesige rotglühende Kuppel der Sonne fast ein Zehntel des dunklen Himmels verdeckt. Dann machte ich abermals halt, denn die krabbelnde Schar der Krebse war verschwunden, und bis auf das fahle Grün von Lebermoos und Flechten schien der rote Strand ohne jedes Leben. Und jetzt war er weiß gesprenkelt. Eine bittere Kälte durchdrang meinen Körper. Immer wieder wirbelten einzelne weiße Flocken herab. Unter dem Sternenlicht des zobelbraunen Himmels im Nordosten schimmerte Schnee, und ich sah einen gewellten Höhenzug von rosigem Weiß. Am Meeresrand war ein Saum aus Eis zu sehen, und weiter draußen trieben Eisschollen. Allerdings war der salzige Ozean größtenteils noch nicht gefroren und leuchtete blutig unter dem ewig während Sonnenuntergang.

Ich sah mich um, ob es nicht doch noch Spuren tierischen Lebens gab. Eine unbestimmbare Furcht hielt mich im Sattel der Maschine. Aber ich sah nichts, was sich bewegte, weder auf der Erde noch am Himmel oder im Meer. Nur der grüne Schleim auf den Felsen zeugte davon, dass das Leben noch nicht ganz erloschen war. Im Meer war eine flache Sandbank aufgetaucht, und das Wasser hatte sich vom Strand zurückgezogen. Ich glaubte, einen schwarzen Gegenstand zu erkennen, der auf der Sandbank herumflatterte, doch als ich genau hinsah, war er reglos, und ich kam zu dem Schluss, dass es sich um eine Sinnestäuschung handelte und der schwarze Gegenstand nur ein Stück Felsen war. Die Sterne am Himmel waren sehr hell und schienen nur wenig zu funkeln.

Plötzlich bemerkte ich, dass der kreisförmige Umriss der Sonne sich nach Westen hin verändert hatte und sich in ihrer Krümmung eine Delle, eine Einbuchtung auftat. Ich sah, wie sie größer wurde. Wohl eine Minute lang starrte ich erschrocken auf die Schwärze, die sich über den Tag legte, dann wurde mir klar, dass eine Sonnenfinsternis begonnen hatte. Entweder der Mond oder der Planet Merkur zog an der Sonnenscheibe vorbei. Natürlich dachte ich zunächst an den Mond – doch vieles spricht dafür, dass ich in Wirklichkeit einen der inneren Planeten sah, der sich fast unmittelbar entlang der Erde bewegte.

Die Dunkelheit nahm rasch zu, von Osten her begann in auffrischenden Böen ein kalter Wind zu wehen, und in der Luft wirbelten vermehrt weiße Flocken. Vom Meeressaum kam ein Plätschern und Flüstern. Bis auf diese leblosen Geräusche war die Welt still. Still? Es wäre keine leichte Aufgabe, diese Art Stille zu beschreiben. Alle menschlichen Laute, das Blöken der Schafe, die Rufe der Vögel, das Summen der Insekten, das Gewusel im Hintergrund, das unser Leben ausmacht – all das war vorbei. Mit zunehmender Dunkelheit wurden die wirbelnden Flocken zahlreicher, sie tanzten vor meinen Augen, und die Kälte in der Luft wurde immer intensiver. Schließlich verschwanden die weißen Gipfel der fernen Berge einer nach dem anderen schnell in der Schwärze. Die Brise steigerte sich zu einem heulenden Wind. Ich sah, wie der schwarze Kernschatten der Finsternis auf mich zufegte. Im nächsten Moment waren nur noch die blassen Sterne zu sehen. Alles andere war strahlenloses Dunkel, der Himmel vollkommen schwarz.

Es grauste mich vor dieser großen Dunkelheit. Die Kälte, die mich bis ins Mark traf, und der Schmerz, den ich beim Atmen empfand, überwältigten mich. Ich fröstelte, und eine tödliche Übelkeit ergriff mich. Dann erschien wie ein rotglühender Bogen der Rand der Sonne am Himmel. Ich stieg von der Maschine, um mich wieder zu fangen. Mir war schwindlig, und ich fühlte mich außerstande, die Rückreise anzutreten. Als ich so krank und verwirrt dastand, sah ich auf der Sandbank vor dem roten Wasser des Meeres wieder dieses bewegliche Ding – inzwischen bestand kein Zweifel mehr, dass es ein bewegliches Ding war. Es war ein rundes Ding, vielleicht so groß wie ein Fußball, vielleicht auch größer, und es hingen Tentakel an ihm herab. Vor dem wogenden blutroten Wasser wirkte es schwarz, und es hüpfte ruckartig umher. Dann spürte ich, wie ich in Ohnmacht sank. Doch eine schreckliche Angst, hilflos in diesem fernen und entsetzlichen Dämmerlicht liegen zu bleiben, verlieh mir die Kraft, wieder auf den Sattel zu klettern.

XV

Die Rückkehr des Zeitreisenden

So kam ich zurück. Lange Zeit musste ich bewusstlos auf der
Maschine gelegen haben. Die rasche Folge von Tag und Nacht
wurde wieder aufgenommen, die Sonne war wieder golden, der
Himmel blau. Ich atmete deutlich freier. Die schwankenden
Konturen des Landes wogten und zerflossen. Die Zeiger auf den
Ziffernblättern drehten sich rückwärts. Schließlich hatte ich
wieder die düsteren Schatten von Häusern vor Augen, Zeugnis-
se einer dekadenten Menschheit. Auch diese veränderten sich
und vergingen, und es kamen andere. Als der Millionenzeiger
auf null stand, drosselte ich mein Tempo. Allmählich erkannte
ich unsere eigene gewöhnliche und vertraute Architektur wieder, der Tausenderzeiger fand zu seinem Ausgangspunkt zurück, Nacht und Tag flatterten immer langsamer. Dann umschlossen mich die alten Wände des Labors. Dieses Mal setzte
ich die Vorrichtung ganz sachte ab.

Ich sah eine Kleinigkeit, die mir seltsam vorkam. Ich glaube,
ich hatte Ihnen erzählt, dass, als ich aufbrach, Mrs Watchett gerade den Raum durchquerte und, noch bevor ich eine hohe Geschwindigkeit erreichte, wie eine Rakete durch das Labor zu
schießen schien. Meine Rückkehr geschah in ebenjener Minute,
da sie das Labor durchquerte. Diesmal jedoch schien jede ihrer
Bewegungen in umgekehrter Richtung zu erfolgen. Die Tür am
unteren Ende öffnete sich, und mit dem Rücken voran glitt sie
leise durchs Labor und verschwand hinter der Tür, durch die sie
beim ersten Mal eingetreten war. Kurz davor glaubte ich einen
Augenblick lang Hillyer zu sehen, aber er verschwand blitzartig.

Dann stellte ich die Maschine ab und erblickte wieder das alt-
vertraute Labor um mich her, meine Werkzeuge, meine Geräte,
genau so, wie ich sie verlassen hatte. Auf wackeligen Beinen
stieg ich ab und setzte mich auf meine Bank. Mehrere Minuten

lang zitterte ich heftig. Dann wurde ich ruhiger. Um mich herum erstreckte sich meine alte Werkstatt, genau so, wie sie gewesen war. Vielleicht hatte ich ja dort geschlafen, und alles war nur ein Traum gewesen.

Aber doch nicht ganz! Gestartet war das Fluggerät von der südöstlichen Ecke des Labors. Wieder zum Stehen gekommen war es in der nordwestlichen Ecke, nämlich an der Wand, vor der Sie es gesehen hatten. Das entspricht genau der Entfernung von meinem kleinen Rasenstück bis zum Sockel der Weißen Sphinx, in den die Morlocks meine Maschine getragen hatten.

Eine Zeitlang war mein Gehirn wie erstarrt. Dann stand ich auf und kam durch den Korridor hierher. Ich humpelte, denn meine Ferse schmerzt noch immer, und ich fühlte mich völlig verdreckt. Auf dem Tisch neben der Tür sah ich die *Pall Mall Gazette* liegen. Ich stellte fest, dass sie tatsächlich das heutige Datum trug. Und als ich auf die Uhr schaute, sah ich, dass es fast acht war. Ich hörte Ihre Stimmen und Tellergeklapper. Ich zögerte – fühlte ich mich doch so krank und schwach. Dann roch ich gutes, bekömmliches Fleisch und öffnete die Tür. Den Rest kennen Sie. Ich wusch mich und aß, und nun habe ich Ihnen die Geschichte erzählt.«

XVI

Nach der Erzählung

»Ich weiß«, sagte er nach einer Pause, »all das werden Sie für ganz und gar unglaublich halten, für mich aber ist das einzig Unglaubliche, dass ich heute Abend hier in diesem altvertrauten Zimmer sitze, in Ihre freundlichen Gesichter schaue und Ihnen von diesen wundersamen Abenteuern erzähle.« Er sah den Mediziner an. »Nein, dass Sie mir glauben, kann ich nicht erwarten. Nur zu, halten Sie es für eine Lüge – oder für eine Prophezeiung. Sagen Sie, ich hätte in der Werkstatt geträumt. Nehmen Sie ruhig an, ich hätte so lange über das Schicksal des Menschengeschlechts nachgegrübelt, bis dieses Hirngespinst ausgebrütet wurde. Behandeln Sie meine Wahrheitsbeteuerungen als bloßen Kunstgriff, um Ihr Interesse zu steigern. Aber wenn Sie sie schon als bloße Geschichte betrachten, was halten Sie von ihr?«

Er nahm seine Pfeife zur Hand und klopfte sie in gewohnter Weise nervös auf den Gitterstäben des Kaminrosts aus. Einen Augenblick herrschte Stille. Dann begannen Stühle zu knarren und Schuhe auf dem Teppich zu scharren. Ich wandte meinen Blick von dem Gesicht des Zeitreisenden ab und sah mich nach seinen Zuhörern um. Sie saßen im Dunkeln, und vor ihnen schwammen kleine Farbflecken. Der Mediziner schien in die Betrachtung unseres Gastgebers vertieft zu sein. Der Herausgeber starrte angestrengt auf das Ende seiner Zigarre – es war schon die sechste. Der Journalist tastete nach seiner Uhr. Die anderen, soweit ich mich erinnere, rührten sich nicht.

Der Herausgeber erhob sich mit einem Seufzer. »Wie schade, dass Sie kein Geschichtenschreiber sind«, sagte er und legte dem Zeitreisenden die Hand auf die Schulter.

»Sie glauben die Geschichte nicht?«

»Nun –«

»Das dachte ich mir.«

Der Zeitreisende drehte sich zu uns um. »Wo sind die Streichhölzer?«, fragte er. Er zündete eines an, sprach über seine Pfeife hinweg und paffte dabei. »Um ehrlich zu sein ... Ich kann sie selbst kaum glauben ... Und doch ...«

Sein stumm fragender Blick fiel auf die verwelkten weißen Blumen, die auf dem kleinen Tisch lagen. Dann drehte er die Hand um, in der er die Pfeife hielt, und ich sah, dass er einige halb verheilte Narben an seinen Knöcheln betrachtete.

Der Mediziner erhob sich, trat zur Lampe und untersuchte die Blumen. »Das Gynoeceum ist sonderbar«, sagte er. Der Psychologe beugte sich vor, um besser sehen zu können, und streckte die Hand nach einem Exemplar aus.

»Zum Teufel, es ist Viertel vor eins«, sagte der Journalist. »Wie sollen wir nach Hause kommen?«

»Am Bahnhof stehen viele Droschken«, sagte der Psychologe.

»Eine seltsame Angelegenheit«, sagte der Mediziner, »mit der botanischen Klassifizierung dieser Blumen kenne ich mich allerdings nicht aus. Darf ich sie mitnehmen?«

Der Zeitreisende zögerte. Dann plötzlich: »Ganz bestimmt nicht.«

»Woher haben Sie sie wirklich?«, fragte der Mediziner.

Der Zeitreisende legte die Hand an den Kopf. Er sprach wie einer, der versucht, sich auf eine Idee zu besinnen, die ihm entfallen ist. »Als ich durch die Zeit gereist bin, hat Weena sie mir in die Tasche gesteckt.« Er sah sich im Zimmer um. »Verdammt, vor mir verflüchtigt sich alles. Dieses Zimmer, Sie und die Alltagsatmosphäre sind zu viel für mein Gedächtnis. Habe ich jemals eine Zeitmaschine gebaut oder auch nur das Modell einer Zeitmaschine? Oder ist das alles nur ein Traum? Es heißt, das Leben sei ein Traum, bisweilen ein recht armseliger Traum – aber ich kann keinen anderen ertragen, der nicht zum Rest passen will. Es ist Wahnsinn. Und woher kam der Traum? ... Ich muss mir die Maschine ansehen. *Wenn* es denn eine gibt!«

Rasch hob er die rot lodernde Lampe und trug sie durch die

Tür in den Korridor. Wir folgten ihm ins Labor. Dort, im flackernden Licht der Lampe, stand tatsächlich die Maschine, gedrungen, hässlich und windschief, ein Ding aus Messing, Ebenholz, Elfenbein und lichtdurchlässig schimmerndem Quarz. Sie fühlte sich stabil an – denn ich streckte meine Hand aus und betastete eine der Schienen. Auf dem Elfenbein wies sie braune Flecken und Schlieren und auf den unteren Teilen Gras- und Moosreste auf. Eine Schiene hatte sich verbogen.

Der Zeitreisende stellte die Lampe auf die Bank und fuhr mit der Hand über die beschädigte Schiene. »Jetzt ist alles in Ordnung«, sagte er. »Die Geschichte, die ich Ihnen erzählt habe, ist wahr. Es tut mir leid, dass ich Sie in die Kälte gebracht habe.« Er nahm die Lampe wieder in die Hand, und in vollkommenem Schweigen gingen wir zurück ins Raucherzimmer.

Er kam mit uns in die Diele und half dem Herausgeber in den Mantel. Der Mediziner schaute ihm ins Gesicht und sagte ihm nach einigem Zögern, er leide an Überarbeitung, woraufhin er nur laut lachte. Ich weiß noch, wie er in der offenen Tür stand und uns einen Gutenachtgruß nachrief.

Ich teilte mir eine Droschke mit dem Herausgeber. Er hielt die Geschichte für eine »protzige Lüge«. Ich für mein Teil war außerstande, zu einer Schlussfolgerung zu gelangen. Die Geschichte war so phantastisch und unglaubwürdig, die Art, wie er sie erzählt hatte, hingegen so glaubwürdig und nüchtern. Ich lag fast die ganze Nacht wach und dachte darüber nach. Ich beschloss, den Zeitreisenden am nächsten Tag noch einmal aufzusuchen. Man sagte mir, er sei im Labor, und da ich mich im Haus gut zurechtfand, ging ich dorthin. Im Labor war jedoch niemand. Ich starrte eine Minute lang auf die Zeitmaschine, streckte die Hand aus und berührte den Hebel. Daraufhin schwankte das gedrungene, massiv wirkende Ding wie ein vom Wind geschüttelter Ast. Seine Instabilität erschreckte mich sehr, und mir kam eine seltsame Erinnerung an meine Kindertage, als es mir verboten war, an irgendetwas herumzufummeln. Durch den Korridor ging ich zurück. Der Zeitreisende empfing mich im Raucherzimmer. Er war aus dem Wohnbereich gekommen. Er trug eine kleine Kamera unter einem Arm und einen Rucksack unter dem anderen. Er lachte, als er mich sah, und ich durfte seinen Ellbogen schütteln. »Ich bin furchtbar beschäftigt«, sagte er, »mit dem Ding da drin.«

»Aber ist es nicht irgendein Schabernack?«, sagte ich. »Reisen Sie wirklich durch die Zeit?«

»Wirklich und wahrhaftig.« Und er sah mir offen in die Augen. Er zögerte. Sein Blick wanderte durch den Raum. »Ich brauche nur eine halbe Stunde«, sagte er. »Ich weiß, warum Sie gekommen sind, und es ist schrecklich nett von Ihnen. Hier liegen ein paar Zeitschriften. Wenn Sie bis zum Mittagessen bleiben wollen, werde ich Ihnen bis zum Letzten beweisen, dass ich durch die Zeit gereist bin, mit Proben und allem. Wenn Sie mich jetzt bitte entschuldigen würden?«

Ich willigte ein, ohne auch nur annähernd die volle Tragweite seiner Worte zu ermessen. Der Zeitreisende nickte und ging den Korridor entlang. Ich hörte die Tür zum Labor zuschlagen, setzte mich in einen Sessel und nahm eine Tageszeitung zur Hand. Was würde er bis zum Mittagessen tun? Plötzlich wurde ich durch eine Anzeige daran erinnert, dass ich Richardson, dem Verleger, versprochen hatte, mich um zwei Uhr mit ihm zu treffen. Ich schaute auf meine Uhr und sah, dass ich die Verabredung schon fast nicht mehr einhalten konnte. Ich stand auf und ging den Korridor entlang, um dem Zeitreisenden Bescheid zu geben.

Als ich die Türklinke herunterdrückte, hörte ich einen seltsam erstickten Ausruf, ein Klicken und einen Knall. Ein Luftstoß wirbelte um mich herum, als ich die Tür öffnete, und aus dem Inneren des Labors drang das Geräusch von Glasscherben, die zu Boden fielen. Der Zeitreisende war nicht mehr da. Für einen Moment glaubte ich eine geisterhaft unscharfe Gestalt zu sehen, die auf einer wirbelnden Masse aus Schwarz und Messing saß – eine Gestalt so durchsichtig, dass die hinter ihr stehende Werkbank mit ihren Blättern und Zeichnungen deutlich zu erkennen war. Aber dieses Trugbild schwand, sobald ich mir die Augen rieb. Die Zeitmaschine war fort. Bis auf eine nachlassende Staubaufwirbelung war der hintere Teil des Labors leer. Offenbar war gerade eine Scheibe des Dachfensters eingedrückt worden.

Ich empfand eine ungebührliche Verwunderung. Ich wusste, dass etwas Seltsames geschehen war, konnte vorerst jedoch nicht erkennen, was dieses Seltsame sein mochte. Wie ich so dastand und um mich starrte, ging die Tür zum Garten auf, und der Diener erschien.

Wir sahen einander an. Dann kamen mir leise Ahnungen. »Ist Mr — dort hinausgegangen?«, fragte ich.

»Nein, Sir. Niemand ist hier durchgekommen. Ich hatte erwartet, ihn hier anzutreffen.«

Jetzt begriff ich. Auf die Gefahr hin, Richardson zu enttäuschen, blieb ich und wartete auf den Zeitreisenden; wartete auf die zweite, vielleicht noch merkwürdigere Geschichte und auf die Proben und die Fotos, die er mitbringen würde. Inzwischen aber fürchte ich, dass ich ein Leben lang warten muss. Der Zeitreisende verschwand vor drei Jahren. Und wie jeder heute weiß, ist er nie zurückgekehrt.

Epilog

Man kann nicht umhin, sich zu fragen: Wird er jemals zurückkehren? Vielleicht ist er in die Vergangenheit gebraust und unter
die bluttrinkenden zotteligen Wilden der Altsteinzeit geraten,
in die Abgründe des Kreidemeers oder unter die grotesken Sau-
rier, jene riesigen Reptilien der Jurazeit. Vielleicht wandert er
jetzt – falls ich diesen Ausdruck überhaupt verwenden darf – auf
einem von Plesiosauriern bewohnten oolithischen Korallenriff
oder an den Ufern einsamer Salzmeere der Triassischen Periode.
Oder ist er in die Zukunft gereist, in eines der nächsten Zeitalter, in dem die Menschen noch Menschen, die Rätsel unserer
Zeit jedoch beantwortet und ihre ermüdenden Probleme gelöst
sind? In das Mannesalter der Menschheit? Ich für mein Teil
kann nämlich nicht glauben, dass die neuzeitlichen Tage schwa-
cher Experimente, bruchstückhafter Theorien und gegenseiti-
ger Zwietracht tatsächlich der Höhepunkt der Menschheitsge-
schichte sein sollen! Ich sage, ich für mein Teil. Er, das weiß ich –
denn wir hatten diese Frage schon lange vor der Erfindung der
Zeitmaschine erörtert –, dachte nur freudlos an den Fortschritt
der Menschheit und sah in den wachsenden Halden der Zivilisation bloß eine törichte Anhäufung, die am Ende unweigerlich
auf ihre Schöpfer zurückfallen und sie zerstören würde. Wenn
dem so ist, bleibt es uns überlassen, so zu leben, als wäre dem
nicht so. Für mich jedoch ist die Zukunft nach wie vor schwarz
und leer – ein einziges Nichtwissen, das an ein paar zufälligen
Stellen von der Erinnerung an die Geschichte des Zeitreisenden
erhellt wird. Und zum Trost führe ich zwei seltsame weiße Blumen mit mir, mittlerweile verschrumpelt, braun, gepresst und
brüchig. Sie bezeugen, dass, selbst als Verstand und Kraft geschwunden waren, Dankbarkeit und gegenseitige Zärtlichkeit
im Herzen der Menschen weiterlebten.

Zu dieser Ausgabe

Die Übersetzung folgt der britischen Erstausgabe in Buchform:

H. G. Wells: The Time Machine. An Invention. London: William Heinemann, 1895.

Anmerkungen

7,12 *Simon Newcomb* (1835–1909): kanadisch-amerikanischer Mathematiker und Astronom. 1878 veröffentlichte er *Note on a Class of Transformations which Surfaces May Undergo in Space of More Than Three Dimensions*, im Dezember 1893 hielt er den oben genannten Vortrag.

10,12 f. *Schlacht bei Hastings:* Am 14. Oktober 1066 besiegten die französischen Normannen unter Herzog Wilhelm dem Eroberer in der Schlacht von Hastings die Angelsachsen unter König Harald II. und eroberten damit England.

15,12 *Fidibus:* spitz zulaufender Holzspan oder gefalteter Papierstreifen zum Entfachen eines Feuers oder zum Anzünden einer Kerze, Öllampe oder Pfeife.

19,30 *Linné-Gesellschaft:* Carl von Linné (Carolus Linnaeus, 1707–1778): schwedischer Botaniker und Zoologe. In der 1788 gegründeten Linnean Society of London (Linné-Gesellschaft) wurde am 1. Juli 1858 Charles Darwins Theorie der Evolution durch natürliche Auslese erstmals öffentlich vorgestellt.

23,1 *Nebukadnezar:* Nebukadnezar II. (um 640–562 v. Chr.): von 605 bis 562 neubabylonischer König. Vgl. Nebukadnezars Ich-Erzählung über seinen siebenjährigen Wahnsinn in Daniel 4, 1–34: »Von Stund an ward das Wort vollbracht über Nebukadnezar, und er ward verstoßen von den Leuten hinweg, und er aß Gras wie Ochsen, und sein Leib lag unter dem Tau des Himmels, und er ward nass, bis sein Haar wuchs so groß wie Adlersfedern und seine Nägel wie Vogelsklauen wurden.« (Daniel 4, 30)

23,22 *Rosebery:* Archibald Philip Primrose, 5th Earl of Rosebery (1847–1929): britischer Politiker mit lebenslangem Interesse an Pferdezucht und Pferderennen, von März 1894 bis Juni 1895 Premierminister.

23,30 *Peptone:* Gemisch aus Peptiden und Aminosäuren, das aus tierischen oder pflanzlichen Proteinen hergestellt wird.

24,10 *Hettie Potter:* fiktive populäre Schauspielerin oder Varieté-künstlerin. Die englische Filmschauspielerin Hetty Potter, die erst 1905 und 1906 in Erscheinung trat, kann nicht gemeint sein.

31,26 *Sphinx:* mythisches Mischwesen mit dem Körper eines geflügelten oder ungeflügelten Löwen und dem Kopf einer Frau oder eines Mannes.

32,12 *Männlichkeit:* In seinen Schilderungen setzt der Zeitreisende Macht, Körpergröße und männliches Geschlecht gleich. Die kleinwüchsigen Eloi werden feminisiert, und zusammen mit der Männlichkeit verschwinden Attribute wie Intelligenz und Energie, die Wells zufolge das Menschliche ausmachen. Auch der Erzähler spricht am Ende von einem der nächsten Zeitalter als dem »Mannesalter der Menschheit«, »in dem die Menschen noch Menschen, die Rätsel unserer Zeit jedoch beantwortet und ihre ermüdenden Probleme gelöst sind.« (S. 123).

35,2 *Goldenen Zeitalter:* in der antiken Mythologie der Urzustand der Menschheit vor der Entstehung der Zivilisation, im übertragenen Sinne jede kulturelle Blütezeit.

43,30 *Greifenköpfen:* Der Greif ist ein mythisches Mischwesen mit dem Körper eines Löwen und Kopf und Schwingen eines Raubvogels.

51,14 *Malachit:* auch Kupferspat: blass- bis dunkelgrünes basisches Kupfercarbonat, das für Schmucksteine, aber auch für ganze Säulen (etwa im Moskauer Kreml) verwendet wird.

55,19 *Monomanie:* krankhafte Fixierung auf einen einzigen Gedanken.

63,11 *Grant Allen* (1848–1899): kanadisch-britischer Wissenschaftler und Romanschriftsteller, befreundet mit H. G. Wells und Arthur Conan Doyle. In seiner Kurzgeschichte »Pallinghurst Barrow« (1892) schreibt er über Legionen von

Geistern der unterschiedlichsten Epochen, die, von uns un-
bemerkt, die Welt bevölkern.

63,29 f. *Darwin:* George Howard Darwin (1845–1912): englischer
Astronom und Mathematiker, Sohn von Charles Darwin.

65,29 *Erbe war es aller Zeiten:* Vgl. Alfred Tennysons Gedicht
Locksley Hall (1842): »I the heir of all the ages, in the foremost
files of time –« Dt. v. Ferdinand von Freiligrath: »Erbe bin ich
aller Zeiten, Kämpfer in den ersten Reih'n!«

65,33 *Lemur:* in der römischen Religion – oft bedrohlicher –
Schattengeist der Verstorbenen; danach benannt eine zur
Gruppe der Feuchtnasenprimaten gehörende, nur auf Mada-
gaskar lebende Affenart mit großen Augen, markanten Gesichtern und nächtlicher Lebensweise.

67,31 f. *Metropolitan Railway:* erste Untergrundbahn der Welt,
eingeweiht 1863.

75,24 *Kodak:* für die damalige Zeit innovative portable Kamera,
die mit Filmrollen funktionierte.

80,2 *karolingischen:* Die Karolinger waren ein Herrscherge-
schlecht der westgermanischen Franken. Bekannt sind vor
allem der fränkische Hausmeier Karl Martell (zw. 688 u. 691–
741), sein Sohn König Pippin der Jüngere (714–768) und sein
Enkel Kaiser Karl der Große (747 od. 748–1814).

80,13 *Nemesis:* griechische Göttin der strafenden Gerechtigkeit
und der Rache; hier Verhängnis oder Schicksal.

83,1 *Faun* (Faunus): altitalischer Gott der Natur und des Waldes,
später mythisches Mischwesen aus Mensch und Ziegenbock
oder gehörnter Waldgeist.

84,11 *vierzigmal:* Die Rechnung des Zeitreisenden stimmt nicht
ganz: Ein Zyklus der Präzession dauert an die 26 000 Jahre,
so dass es sich eher um einunddreißig Male handeln dürfte
(ausgehend vom Beginn seiner Reise Ende des 19. Jahrhunderts).

86,6 *Carlyle'scher:* Thomas Carlyle (1795–1881): schottischer Es-
sayist, Historiker, Biograph und Übersetzer.

87,32 f. *Megatherium:* Tiergattung aus der Familie der ausgestorbenen Megatheriidae, einer Gruppe von Faultieren, die Ausmaße bis zu Elefantengröße erreichten.

91,32 *Philosophical Transactions:* die erste englischsprachige wissenschaftliche Fachzeitschrift überhaupt, begründet am 6. März 1665.

92,16 *The Land o' the Leal* (Land der Getreuen, euphemistisch für Land der Verstorbenen): zum Volkslied gewordene Komposition der Schottin Carolina Oliphant, Lady Nairne (1766–1845).

92,24 *Kampfer:* aus dem Holz von Kampferbäumen destillierter farbloser, brennbarer Feststoff mit aromatischem Geruch.

92,32 *Belemniten:* Gattung der Kopffüßler des Erdmittelalters mit Fangarmen und Tintenbeutel.

93,34 *Heureka* (altgriechisch »Ich hab's gefunden«): Der Ausruf wird dem griechischen Mathematiker und Physiker Archimedes von Syrakus (um 287–212 v. Chr.) zugeschrieben, Entdecker des »Archimedischen Prinzips« (Auftrieb von Körpern in Flüssigkeiten) und des »Archimedischen Punktes« (Hebelgesetz): »Gebt mir einen festen Punkt, und ich werde die Welt aus den Angeln heben.«

115,28 *Hillyer:* Vermutlich der Name des im nächsten Kapitel erwähnten Dieners.

118,10 *Gynoeceum:* die weiblichen Blütenorgane von Samenpflanzen.

123,8 *oolithischen:* Oolith ist ein aus kleinen Mineralkügelchen bestehendes Sedimentgestein.

Nachbemerkung

Seine literarische Laufbahn begann der achtundzwanzigjährige Herbert George Wells (1866–1946) mit einem Paukenschlag: Im Mai 1895 veröffentlichte er sein Debüt *The Time Machine*, ein Werk, das er seit 1888 unablässig überarbeitet hatte. Dieser erste seiner naturwissenschaftlich unterfütterten Abenteuerromane (*scientific romances*) machte ihn über Nacht berühmt. Der durchschlagende Erfolg ermöglichte dem Lehrer und Journalisten, der bis dahin nur mit Zeitungsartikeln und Fachbüchern über Biologie und Physiographie hervorgetreten war, eine Existenz als freier Schriftsteller. Insofern dient die britische Buchausgabe von 1895 als Textgrundlage der vorliegenden Neuübersetzung, ungeachtet einer weiteren Revision, die der Autor für die Werkausgabe der achtundzwanzigbändigen Atlantic Edition (1924–1927) vornahm.

Unter Verzicht auf eine Genrebezeichnung wie Roman, Erzählung oder Novelle thematisiert der von Wells gewählte Untertitel »An Invention« gleich zweierlei: zum einen, auf der Handlungsebene, die Erfindung der Zeitmaschine als technischer Innovation, zum anderen die Erfindung der Reise durch die Zeit als literarischer Fiktion.

Man führe sich die rasante Entwicklung der Menschheit in den vergangenen dreitausend, dreihundert oder auch nur dreißig Jahren vor Augen und katapultiere sich dann in eine 800 000 Jahre entfernte Zukunft, eben nicht vermittelst einer Zeitmaschine, sondern allein mit Hilfe der eigenen Vorstellungskraft. Nichts anderes tut H. G. Wells. Denn die Mechanik des von ihm nur oberflächlich beschriebenen Fluggeräts, das nicht räumliche, sondern zeitliche Distanzen überwindet, und zwar aus der Gegenwart des Autors – also dem Ende des 19. Jahrhunderts – in beide Richtungen der Zeitachse, ist lediglich das fiktive Vehikel einer überbordenden »wissenschaftlichen Imagination« (John Tyndall). Diese ist es, die ein visionäres Zukunftsbild in gesellschaftskritischer Absicht und aus fortschrittspessimistischer Weltsicht hervorbringt.

Zum Dritten nimmt Wells selbstbewusst die Erfindung einer völlig neuen literarischen Gattung für sich in Anspruch[1], einer Gattung, die nicht wenige Nachahmer finden sollte: die des Zeitreiseromans. Erst viel später, nachdem sich Wells mit weiteren Frühwerken wie *The Island of Doctor Moreau* (1896), *The Invisible Man* (1897), *The War of the Worlds* (1898), *When the Sleeper Wakes* (1899) und *The First Men in the Moon* (1901) längst einen Namen als Doyen der modernen Science-Fiction nach und neben Jules Verne gemacht hatte, verzichtete er auf den ursprünglichen Untertitel, mit dem er die eigene – wenn auch nur vermeintliche – Originalität reklamiert hatte – so zumindest dürfen wir spekulieren.

Aus einem Abstand von drei Jahren wird die dialoggesättigte Rahmenhandlung von einem namenlosen Ich-Erzähler bestritten, der zwei Zusammenkünfte einer Champagner trinkenden und Zigarren rauchenden spätviktorianischen Herrenrunde aus sinnbildlichen Vertretern akademischer Berufe in Richmond (damals zur Grafschaft Surrey gehörend, heute ein Stadtteil Londons) schildert. Der ebenfalls anonym bleibende Gastgeber, ein geborener Bastler und Tüftler, der zugleich über bahnbrechende Kenntnisse der modernen Geometrie verfügt, erläutert seinen skeptischen Zuhörern die eben aufgekommene Theorie der Raumzeit (Zeit als vierte Dimension des Raumes: ohne Zeit kein Raum, ohne Raum keine Zeit), wie sie nur wenige Jahre später von Albert Einstein und Hermann Minkowski fortentwickelt und mathematisch exakt berechnet werden sollte. Er führt seinen Gästen zunächst das Miniaturmodell seiner Zeitmaschi-

---

1 Wells verfasste mit *The Time Machine* zwar nicht den ersten Zeitreiseroman (das war das 1771 erschienene *L'An 2440, rêve s'il en fut jamais* von Louis-Sébastien Mercier), machte mit seinem Text aber die Zeitreise als literarischen Stoff populär.

ne vor und schließlich diese selbst, mit der er sich alsbald in die Ferne aufschwingt.

Eingebettet in diese beschauliche Rahmenhandlung ist der spannende Bericht des zurückgekehrten »Zeitreisenden« über seine topographisch auf das Tal der Themse begrenzte zehnstündige Expedition mit einwöchigem Aufenthalt in Jahre 802 701 nach Christus. In seiner einflussreichen *Kulturgeschichte der Neuzeit* (1927–1931) fasst der österreichische Schriftsteller Egon Friedell den ersten Teil dieser futuristischen Reise wortgewandt zusammen: »In einem seiner utopischen Romane schildert Wells einen ›Zeitreisenden‹, den Erfinder einer sinnreich konstruierten Maschine, mit der er in die Zeit segeln kann. Er fährt zunächst in die Zukunft, in ein fernes Jahrtausend, wo er zu seinem Erstaunen bemerken muss, dass die Menschheit sich in zwei Spezies gespalten hat: Die einen, die *Eloi*, sind durch fortgesetzten Müßiggang zur höchsten physischen Verfeinerung und Verschönerung, aber zugleich auf ein geistiges Niveau völliger Infantilität gelangt, die anderen, die *Morlocks*, sind durch ununterbrochene manuelle Tätigkeit zu affenartigen Höhlengeschöpfen, stupiden Arbeitsmechanismen geworden. Eine gewisse Ausgleichung findet dadurch statt, dass die Morlocks von Zeit zu Zeit die wehrlosen Eloi überfallen und auffressen.«

Die Eloi sind kraftlose, kleinwüchsige, sich nur von Früchten ernährende androgyne Wesen, die einander scherzend umwerben und umtanzen, Blumen pflücken und sich mit Girlanden schmücken. Die zu Kannibalen gewordenen Morlocks wiederum dürfen als bedrohliche Nachfahren der kapitalistischen Industriearbeiter angesehen werden, eine apokalyptische Prophezeiung, in der sich die Ängste der zeitgenössischen Oberschicht (und des aus dem Kleinbürgertum stammenden Autors) vor einem Proletariat niederschlagen, das politisch an Einfluss gewinnt. Wir haben es also mit dem Zerfall der Menschheit in zwei entgegengesetzte Gattungen zu tun: die oberirdischen Konsumenten und die unterirdischen Produzenten. Mit der Bibel möchte man von »Kindern des Lichtes und des Tages« und »Kindern der Nacht und der Finsternis« (1. Thessalonicher 5:5) sprechen.

Bei Wells ist dieser Zerfall einerseits logische Folge der durch Übertreibung und Zuspitzung zu grotesker Kenntlichkeit gebrachten Entwicklungstendenzen der bürgerlichen Gesellschaft seiner Zeit. Andererseits jedoch wird er als Resultat einer biologischen Evolution ausgegeben. Sozialkritik und darwinistische Lehre vermengen sich. Der Gegensatz zwischen Kapital und Arbeit wird biologisiert, um nicht zu sagen: rassifiziert. Historisch entstandene Klassenwidersprüche werden zu fixen Rassenunterschieden. Zugleich wird die gemeinschaftliche Lebensweise der aristokratischen Eloi in einer Art pastoralem Paradies mit Kommunismus in Verbindung gebracht. In diesem Kommunismus hat aber nicht der gesellschaftliche Grundkonflikt ein Ende gefunden, sondern der Darwin'sche »Kampf ums Dasein« überhaupt – abgesehen von den nächtlichen Übergriffen der dämonischen Morlocks natürlich. Dass soziologischer und biologischer Ansatz bei Wells einander widerstreiten, dass er in vielen seiner Utopien, Anti-Utopien und Dystopien eine Seite des gesellschaftlichen Widerspruchs aus der menschlichen Gesellschaft herauslöst und sie dem Menschen gattungsmäßig gegenüberstellt, etwa in Gestalt von Tiermenschen, Marsmenschen oder Mondmenschen, hat Wells den Vorwurf eines »eklektischen Mischmaschs« und ideologischen »Wirrwarrs« (Christopher Caudwell) eingetragen.

Den zweiten Abschnitt der abenteuerlichen Reise in die Zukunft, nach der gelungenen Flucht vor den Morlocks, spart Egon Friedell in seiner *Kulturgeschichte* aus. Dieser deutlich kürzere Teil der Binnenerzählung befasst sich mit einer weit umfassenderen Horrorvision: dem Zustand der Erde in dreißig Millionen Jahren, lange nach Auslöschung des Menschengeschlechts. Wells, ein weiteres Mal auf der Höhe des physikalischen Wissens seiner Zeit, greift hier die bereits seit 1867 diskutierte kosmologische Hypothese über das finale thermische Gleichgewicht des Universums auf, die dessen Wärme- beziehungsweise Kältetod (›Big Freeze‹) annimmt. Der erste Teil der Reise ist also mit der Entwicklung der Gesellschaft befasst, der zweite mit der der Natur.

Zum Beweis, dass der Ich-Erzähler weder einer »Lüge« noch einem »Schabernack«, weder einem »Traum« noch einem »Hirngespinst« aufgesessen ist, begibt sich der Zeitreisende auf einen zweiten Ausflug, der nur wenige Stunden dauern soll, von dem er allerdings nicht zurückkehrt. In einem knappen Epilog stellt der Ich-Erzähler Vermutungen über eine rückwärtsgerichtete Exkursion durch die vergangenen Erdzeitalter an. Nicht auszuschließen, dass der für immer verschollene Zeitreisende vom Urknall (›Big Bang‹) verschluckt wurde! Dann wäre der erzählerische Bogen vom Ende bis zum Beginn des Alls gespannt. Aber im Grunde erfahren wir in der endgültigen Textfassung nichts über den letztendlichen Verbleib des Zeitreisenden.

Für uns, die wir dem Diktat der linearen Zeit unterworfen bleiben, hat das kühne Gedankenexperiment des Autors, so krude seine ›Entdeckungen‹ im Einzelnen sein mögen, bis heute nichts von seiner Faszination eingebüßt. Die mit realistischer Präzision erzählte Geschichte vom Reisenden, der sich in den Weiten und den Schrecknissen der Zeit verliert, *kann* nicht, wie dieser behauptet, eine ›wahre‹ Geschichte sein, und doch bieten der Autor und sein Ich-Erzähler all ihre Überzeugungskraft auf, um uns glauben zu machen, dass ihr Wahrheitsgehalt unanfechtbar ist.

Hans-Christian Oeser

Zeittafel

1866 Am 21. September kommt Herbert George Wells in Bromley als viertes Kind des Gemischtwarenhändlers und professionellen Cricketspielers Joseph Wells und seiner Frau Sarah Neal zur Welt.

1874–80 Kaufmännische Ausbildung an der Thomas Moorley's Commercial Academy.

1880–83 Beginn mehrerer Ausbildungen, die Wells jedoch alle abbricht.

1883/84 Tätigkeit als Hilfslehrer an der Midhurst Grammar School.

1884–87 Durch ein Stipendium finanziertes Studium der Biologie an der Normal School of Science in South Kensington bei dem Darwinisten Thomas Henry Huxley.

1888 Im *Science School Journal*, der Studentenzeitschrift der Normal School of Science, die er mitbegründet, erscheint mit *The Chronic Argonauts* (1888) der Vorläufer seines Romans *The Time Machine*.

1891 Heirat mit seiner Cousine Isabel Mary Wells.

1893 Wells beginnt, Essays und Kurzgeschichten für mehrere Zeitschriften zu verfassen, darunter *The Pall Mall Gazette*.

1894 Trennung von Isabel Mary Wells und Beziehung mit Amy Catherine ›Jane‹ Robbins.

1895 Veröffentlichung von *The Time Machine* (dt. *Die Zeitmaschine*, 1904) und Heirat mit Amy Catherine Robbins.

1896 Veröffentlichung von *The Island of Doctor Moreau* (dt. *Die Insel des Doctor Moreau*, 1896).

1898 Veröffentlichung von *The War of the Worlds* (dt. *Der Krieg der Welten*, 1898).

1901 Veröffentlichung von *The First Men in the Moon* (dt.

Die ersten Menschen auf dem Mond, 1901), *Anticipations* und Geburt des Sohnes George Philip Wells.

1903 Geburt des Sohnes Frank Richard Wells.

1904 Veröffentlichung von *The Food of the Gods* (dt. *Die Riesen kommen!*, 1904).

1905 Veröffentlichung von *A Modern Utopia* (dt. *Jenseits des Sirius*, 1911).

1906 Amerikareise.

1909 Beziehung mit der Schriftstellerin Amber Reeves, Geburt einer gemeinsamen Tochter.

1910–13 Beziehung mit der Schriftstellerin Elizabeth von Arnim.

1914 Russlandreise.

1912–23 Beziehung mit der Reiseschriftstellerin Rebecca West, 1914 Geburt eines gemeinsamen Sohnes.

1920 Russlandreise.

1923 Veröffentlichung von *Men like Gods* (dt. *Menschen, Göttern gleich*, 1927).

1926 Veröffentlichung von *The World of William Clissold* (dt. *Die Welt des William Clissold*, 1927).

1927 Tod von Amy Catherine Wells.

1933 Veröffentlichung von *The Shape of Things to Come*, einem fiktiven Geschichtsbuch aus dem Jahr 2106, das Beginn und Ausbruchsort des Zweiten Weltkriegs überraschend genau vorhersagt.

1933–46 Beziehungen mit Margaret Sanger und Moura Budberg.

1934 Russlandreise. Wells ist Mitgründer der Diabetic Association in Großbritannien.

1936 Verfilmung von *The Shape of Things to Come* (Filmtitel: *Things to Come*, Regie: William Cameron Menzies).

1941–46 Vorsitzender von PEN International im internationalen Kriegskomitee der Organisation.

1946 Am 3. August stirbt H. G. Wells in London.

Inhalt

Die Zeitmaschine

Englischer Originaltitel:
The Time Machine. An Invention.

RECLAM TASCHENBUCH Nr. 20744
2024 Philipp Reclam jun. Verlag GmbH,
Siemensstraße 32, 71254 Ditzingen
Umschlaggestaltung: Philipp Reclam jun. Verlag GmbH
Umschlagabbildung: »Dial viktorianische Uhr im Stil von Big Ben«. –
© shutterstock.com / PGMart. »Vektorgrafik einer Uhr, umgeben von
mechanischen Teilen und Wrap-Feiertagsbanner, schwarz-weiß« –
© shutterstock.com / marrishuanna.
Umschlagmaterial: PEYVIDA puro 270 g/m², peyer graphic gmbh
Druck und Bindung: GGP Media GmbH,
Karl-Marx-Straße 24, 07381 Pößneck
Printed in Germany 2024
RECLAM ist eine eingetragene Marke
der Philipp Reclam jun. GmbH & Co. KG, Stuttgart
ISBN 978-3-15-020744-4

Auch als E-Book erhältlich

www.reclam.de

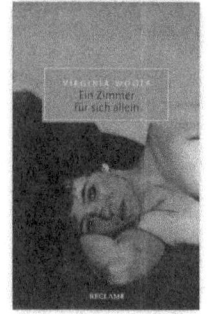

»Durch gute Leser
wird ein Buch erst
wahrhaft gut.«

RALPH WALDO EMERSON

RECLAM≡